TANZT DIE ORANGE

100 Antworten auf Rilke

Herausgegeben von
Jan Wagner und
Norbert Hummelt

Hanser Berlin

Die Rilke-Gedichte in diesem Band folgen dem Text der Ausgabe der *Sämtlichen Werke*, hrsg. vom Rilke-Archiv, in Verbindung mit Ruth Sieber-Rilke, besorgt von Ernst Zinn, Frankfurt: Insel 1966.

1. Auflage 2025

ISBN 978-3-446-28229-2

Vilshofener Straße 10 | 81679 München | info@hanser.de

Umschlag: Anzinger und Rasp, München
Motiv: © Andy Grimshaw
Satz: Greiner & Reichel, Köln
Druck und Bindung: Friedrich Pustet, Regensburg
Printed in Germany

MIX
Papier | Fördert gute Waldnutzung
FSC® C014889
FSC www.fsc.org

TANZT DIE ORANGE

100 Antworten auf Rilke

Von tanzenden Orangen

Vorwort der Herausgeber

Wie alle schönen Dinge nahm auch diese Anthologie ihren Anfang auf einer sommerlichen Terrasse in Berlin, an einem Stehtisch im Schatten, wo freundliche Hände von irgendwo zwei Gläser kühlen Weißweins herbeireichten und die künftigen Herausgeber ins Plaudern gerieten. Bald konzentrierte sich die Unterhaltung ganz auf die Lyrik. Der Name Rainer Maria Rilke fiel, und gemeinsam stellte man fest, dass dessen Werk im Ausland weitaus präsenter zu sein scheint als im deutschsprachigen Raum, dass jedenfalls die Spuren, die Rilkes Gedichte in den Werken der zeitgenössischen Lyrikerfreunde jenseits der Grenzen hinterlassen haben und weiterhin hinterlassen, augenfälliger und zahlreicher sind als in den Büchern ihrer deutschsprachigen Kollegen.

Allein ein Blick in englische und amerikanische Gedichtbände, darin waren sich die künftigen Herausgeber einig, bestätige diesen Eindruck, von Stephen Spender, der einst die *Duineser Elegien* übersetzte, bis hin zu deutlichen Rilke'schen Echos etwa bei Louise Glück, Sujata Bhatt und Kathleen Jamie. Nimmt der schottische Dichter Robin Robertson sich in seinem Gedicht »Fall« Rilkes »Herbsttag« an, Derek Mahon mit »Night Drive« der »Nächtlichen Fahrt« durch Sankt Petersburg, so schreibt Paul Farley mit seinem »Requiem for a Friend« sehr frei Rilkes »Requiem für eine Freundin« weiter. In Seamus Heaneys 2006 erschienenem Lyrikband *District and Circle* finden sich gleich zwei Anverwandlungen, »Rilke: *After the Fire*« und »Rilke: *The Apple Orchard*«, die sich auf Rilkes Gedichte »Die Brandstätte« und »Der Apfelgarten« beziehen, und auch in der Sammlung *Hay* des irischen Landsmanns Paul Muldoon stößt der Leser auf zwei Rilke-Adaptionen: »The Unicorn«, das sich allerdings nicht auf Rilkes Einhorn-Gedicht aus den *Neuen Gedichten*, sondern vielmehr auf das vierte Sonett des zweiten Orpheus-Zyklus bezieht und dabei das hohe »O«, mit dem Rilke zu singen anhebt (»O dieses ist das Tier, das es nicht giebt«), auf charmante Weise in Erden- und Alltagsnähe bringt: »This, then, is the beast that has never actually been«. Auch der »Archäische Torso Apollos« sowie Rilkes »Schwarze Katze« liegen in von Muldoon erstellten Fassungen vor. Don Paterson aus Schottland wiederum hat einen ganzen Band den *Sonetten an Orpheus* gewidmet, verzichtet aber darauf, seine durchaus frei gehandhabten Sonette als Übersetzungen zu bezeichnen, zieht es stattdessen vor, seinem Buch den Untertitel *A Version of Rilke's ›Die Sonette an Orpheus‹* zu geben. »Versionen«, sagt Paterson, »versuchen ganz und gar eigenständige Gedichte zu sein; das Original mag ihnen als detaillierter Grundriss oder Aufriss dienen, während sie sich selbst ein robustes Heim in einem neuen Land zu errichten versuchen, ganz im Baustil seiner Landessprache.« Die Londoner Dichterin Jo Shapcott schließlich beschäftigt sich in ihrem Gedichtband *Tender Taxes* mit den französischen Gedichten Rilkes, tritt in einen Dialog mit ihnen (und mit Rilke) ein. Kurzum: Der amerikanische Lyriker John Berryman vertrat eindeutig eine Minderheitenmeinung, als er im dritten seiner berühmten *Dream Songs* ausrief: »Rilke was a jerk«. Wie schade, sagte im sommerlich heißen Berlin einer der künftigen Herausgeber seufzend, dass wir deutschsprachigen Lyriker Rilke nicht übersetzen können. Aber, entgegnete der andere künftige Herausgeber, warum denn eigentlich nicht?

Ja, warum eigentlich nicht? Rilke ins Deutsche zu übertragen, das könnte eine echte Herausforderung sein. Ein Lackmustest, wie wir deutschsprachigen Lyrikerinnen und Lyriker es eigentlich mit unseren Klassikern halten. Und warum nicht gleich eine Anthologie veranstalten, um herauszufinden, welche Formen der Fortschreibung und des Widerspruchs unseren Kolleginnen und Kollegen einfallen könnten, wenn wir ihnen zumuteten, nicht irgendwen, sondern ausgerechnet Rilke in ihr eigenes Idiom zu übersetzen. Rilke, den Meister, den unübertroffenen Formkünstler, der den Reim handhabte wie niemand nach ihm, Rilke, den Erhabenen, Verkünder des Weltinnenraums, der mit Engeln Umgang suchte, Rilke, den Verfasser tiefsinniger Briefe, der sich gern auf Schlössern und Landsitzen aufhielt und von dem vielleicht zu viele blumig illustrierte Auswahlbändchen mit Gedichten für alle Jahreszeiten und Lebenslagen in Umlauf sind. Wäre da eine Grenze, ein Vorbehalt? Ein Tabu?

Immerhin, so konnte sich einer von uns erinnern, gab es da vor einem Vierteljahrhundert in der schönen Stadt Graz einmal folgende Situation: Beim Avantgarde-Festival steirischer herbst 1999 trug er ein Gedicht vor, das sich erkennbar auf Rilkes »Archaïscher Torso Apollos« bezog. Daraufhin erklärte ihm ein sehr ernst schauender, um den lyrischen Fortschritt besorgter Zuhörer, das gehe denn nun aber doch zu weit (zu weit rückwärts, muss man wohl ergänzen). Es könnte also Berührungsängste geben, wohl auch, weil es recht populäre Formen der Rilke-Adaption gibt, bis hin zu Udo Lindenbergs »Panther«-Version und jenen »Rilke-Projekt« betitelten CDs mit Musik und Rezitation, die vor Jahren viel gekauft wurden. Also galt es zu überprüfen: Darf ein heutiges, mit Kunstanspruch verfasstes Gedicht Spuren von Rilke enthalten? Wie hoch dosiert, und wenn ja, was dann? Wäre es am Ende möglich, eigenständige deutschsprachige Versionen im Sinne von Don Paterson anzuregen, die in Tuchfühlung mit Rilkes Vorlagen blieben, ihrem Melos, ihren Motiven, ihren Metren? Und dabei zugleich einen Beitrag zur Lyrik der Gegenwart leisten – und einen neuen Blick auf Rilke freigeben?

Rilke übersetzen: Wir ließen die Idee ein paar Monate sacken. Mochten sie noch immer, freuten uns daran. Fanden für unser Vorhaben einen mutigen Verlag und setzten ein Einladungsschreiben auf. Darin baten wir, uns schon vorab diejenigen Gedichte Rilkes zu nennen, auf die sich die Beiträge beziehen würden. Das war für uns der kardinale Punkt: nicht irgendwelche gefühlten Verbindungen zu Rilke einzusammeln, sondern Antworten auf einzelne seiner Gedichte. Denn wir wollten natürlich zweisprachig drucken, Rilke – Deutsch! So dass sich aus den Einsendungen eine spezifische Rilke-Anthologie ergeben könnte, die spiegelt, welche seiner Gedichte am nachhaltigsten faszinieren und noch etliche Generationen später für neue poetische Zündungen sorgen können.

Antworten kamen zahlreich, und sie kamen bald. Fast alle, die wir angeschrieben haben, äußerten sich erfreut bis begeistert über die Idee. Und den Ansporn, sich Rilke wieder zu nähern, der – so ein überwältigender Tenor – in fast jeder Schreibbiographie einmal eine wichtige Rolle gespielt hatte. Manche verwiesen auf bereits Geschriebenes, das schon die eine oder andere Antwort auf Rilke enthielt (worauf wir freundlich nach Neuem fragten). Nur wenige äußerten Bedenken. Diese waren aber nicht in der Art jenes Grazer Avantgardisten, der Rilke für nicht mehr vermittelbar hielt. Vielmehr fürchteten manche, wir könnten mit Rilke Scherze treiben, ihn auf die allzu leichte Schulter nehmen. Andere meinten, es könne bloß schiefgehen, da Rilkes Meisterschaft unsere Versuche nur alt aussehen lassen könnte. Hier ist an T. S. Eliots Diktum aus den *Vier Quartetten* zu erinnern, wie man mit alten Meistern umzugehen habe, die alles schon ein- bis zweimal gesagt hätten, was man nur wiederholen könne: »Wir stehen freilich nicht im Wettbewerb ... Aber womöglich weder Gewinn noch Verlust. Wir können es nur versuchen. Das übrige geht uns nichts an.«

Oder in den Worten eines Gedichts von Hendrik Jackson, das wir unserer Sammlung vorangestellt haben: »Ich glaube, Rilke ist zu groß für uns / ich suchte dieses Innen seiner Hände / dies Halten, was kein Werkzeug hält, den Wunsch / des Anfangs Angst aufbäumend zu beenden.«

Unternimmt man den Versuch, ein gelungenes, ein komplexes fremdsprachiges Gedicht ins Deutsche zu übertragen, so werden unverzüglich sämtliche Probleme der Lyrikübersetzung in all ihrer Herrlichkeit sichtbar werden; es ist ein Wandeln zwischen Treue und Verzicht, Bindung und Freiheit, zwischen Nähe und Distanz, ein stetes Abwägen. Dem großen englischen Übersetzer Michael Hamburger zufolge geht es dabei immer darum, aus der grundsätzlichen Unmöglichkeit eine Kunst des Möglichen zu machen. Und natürlich ist das Ideal, das bei diesem so mühevollen wie genussreichen Unternehmen beharrlich vor Augen steht, auch in der Zielsprache nicht lediglich eine Verständnishilfe zustande zu bringen, sondern: ein Gedicht. Das schöne Wort »Nachdichtung« kündet eben davon.

In der vorliegenden Anthologie mit Rilke-Übersetzungen ins Deutsche stellen sich all die Fragen und Aspekte der Lyrikübersetzung etwas anders dar, bleiben aber erkennbar. Mag es sich (mit Ausnahme jener Gedichte, die Rilke auf Französisch geschrieben hat; auch sie sind hier enthalten, und auch mit ihnen wird mal getreuer, mal deutlich ungebundener verfahren) auch nicht um eine Fremdsprache handeln, so doch immerhin um eine fremde Sprache, nämlich nicht die eigene; es geht also bei jeder Dichterin und jedem Dichter, die sich am Projekt beteiligt haben, darum, ein Gedicht aus dem unverkennbaren und allen Liebhabern von Gedichten vertrauten Rilke'schen Kosmos in die eigene, heutige, sehr individuelle Poetologie zu transponieren.

Wird in diesem Beitrag ein Motiv Rilkes aufgegriffen und weitergesponnen, bilden dort einzelne Zeilen eine Art Scharnier oder eine Spiegelachse zwischen Rilkes Gedicht und der eigenen Antwort darauf. Wo die eine Dichterin eine »Inversion« des Originals unternimmt, arbeiten andere mit eingeschobenen Strophen, mit der Montage als einer Art Wechselgesang – oder als »Fuga und Stretto«. Wir treffen auf die Radierung beziehungsweise Löschung einzelner Wörter oder Passagen des Originals, die im englischen Sprachraum als »erasure poem« bekannt sind, aber auch auf den Remix und auf die Rap-Version, auf die humoristische Reduktion genauso wie auf den Versuch, Rilkes Gedicht »Selbstgeworfnes« in die Sphäre des Baseballs zu übertragen.

Mal findet sich der berühmte Panther aus dem Jardin des Plantes statt hinter tausend Stäben in einer poetisch-graphischen Umsetzung wieder, mal werden vier fragmentarische Zeilen in einer Collage gespiegelt. Rilkes »Winterliche Stanzen« entwickeln sich zu einer Kette von Haiku-Gedichten, und das für Rilke ja keineswegs untypische Sonett bleibt gelegentlich mit allen formalen Eigenschaften erhalten, mitunter aber auch nur als Echo aus vierzehn Zeilen oder gar als »wienett«, und anderswo darf es weit, weit über diesen strengen Rahmen hinauswachsen und wuchern.

Es kommt vor, dass Rilke bis in die Endreime hinein sichtbar bleibt, wir in der Folge zugleich Rilke und doch nicht Rilke vor uns haben, und schließlich ist es das Material selbst, die Sprache also, die erhalten wird, ihre Buchstaben, aber in gänzlich anderer Gestalt, nämlich als Anagramm – oder wenn in einem Versuch vollkommener Treue, bei der Komik und Ehrerbietung in Einklang geraten, Form, Ton und Gehalt dem Original ganz und gar entsprechen, zugleich aber Wort für Wort, Pronomen um Präpositionen ausgetauscht, rekonstruiert werden, eine Hommage an, eine Verbeugung vor dem großen Prager Dichter auch dies, oder, um die so erreichte Anverwandlung des berühmten Endes von Rilkes »Requiem« zu zitieren: »Was heißt Erfolg? Durchhalten, darum geht es.«

Worum es geht, wenn Dichter andere Dichter übersetzen, ist immer auch die Verfeinerung der eigenen sprachlichen Mittel. Maß zu nehmen an Vorbildern ist die beste Form literarischer Weiterbildung. Aber nicht abhängige, sondern eigenständige Gebilde sollen so entstehen. Seine Umdichtung von Baudelaires *Fleurs du Mal,* bekannte Stefan George, verdanke sich »der ursprünglichen reinen freude am formen.« In diesem Sinne hat er sich, wie Rudolf Borchardt, auch um Dante bemüht, hat er wie Paul Celan Shakespeares Sonette übertragen, hat Celan Gedichte von Osip Mandelstam und Rilke Gedichte von Paul Valéry übersetzt. Für nicht wenige heutige Dichter, wie Franz Josef Czernin, der ebenfalls Dante und Shakespeare umdichtete, ist die Arbeit an älteren Texten ein grundlegender Zug ihres poetischen Verfahrens.

Die Bearbeitung gibt zugleich einen neuen Blick auf das Original frei. Und so ist eine Rilke-Auswahl, wie sie das vorliegende Buch versammelt, eine einmalige und einzigartige Bestandsaufnahme: Sie offenbart, welche Gedichte Rilkes in den Augen deutschsprachiger Lyrikerinnen und Lyriker hundertfünfzig Jahre nach seiner Geburt nicht nur Bestand haben, sondern von Neuem attraktiv gefunden werden für die Fortentwicklung der Poesie. Aber welchen Rilke zeigt uns diese Auswahl? Die vielleicht bemerkenswerteste Erkenntnis: Gelesen und geliebt wird nach wie vor der ganze Rilke, abgesehen von den ganz frühen, noch vor dem *Stundenbuch* geschriebenen Versen, die nur wenige Freunde finden, gibt es keine Abteilung, keine Werkphase, die nicht auf rege Anteilnahme stieße.

Zweite Erkenntnis: Bestätigt werden einige der erwartbaren Favoriten, viermal wird für den »Panther« votiert, und sogar fünfmal die erste Duineser Elegie neu angegangen. Ein Evergreen wie »Ich lebe mein Leben in wachsenden Ringen« kommt auf drei Nominierungen wie das – weit weniger bekannte – zehnte aus dem Zweiten Teil der *Sonette an Orpheus*, »Alles Erworbne bedroht die Maschine«. Hier ist es sicher Rilkes kritisches Verhältnis zur technischen Moderne, das dazu verlockt, ihm auf den Grund zu gehen, weil es uns hundert Jahre später mehr denn je angeht. Auch andere Bearbeitungen scheinen durch ihre prekäre Aktualität veranlasst, wie die der »Fünf Gesänge«, mit denen Rilke auf den Ausbruch des Ersten Weltkriegs reagierte, ebenso eine stark komprimierte Version der ersten Seiten aus Rilkes einzigem Roman, *Die Aufzeichnungen des Malte Laurids Brigge.*

Nur wenige der wirklich großen Rilke-Hits fehlen, wie etwa die »Blaue Hortensie«. Überhaupt sind vielleicht die *Neuen Gedichte*, wenn man ihren ganzen Reichtum bedenkt, der einem vorkommen kann, als ginge man tagelang durch die Säle des Louvre, ein wenig unterrepräsentiert. Sie wirken vielleicht *zu* klassisch, *zu* plastisch, für den heutigen literarischen Geschmack. Dafür gibt es nicht wenige Liebhaberinnen und Liebhaber des Raren und Entlegenen, der spätesten Gedichte und Fragmente, bis hin zu Rilkes bei uns wenig bekannten französischsprachigen Gedichten.

Das Opus magnum der Rilke'schen Lyrik, die *Elegien*, begonnen im Winter 1912 auf Schloss Duino an der Adria und zehn Jahre später, nach einer Schreibkrise epischen Ausmaßes, im Château de Muzot im Wallis in einem legendären Schaffensrausch vollendet, wird seiner Bedeutung angemessen auch in dieser Auswahl gewürdigt. Neben der ersten Elegie (von der wiederum besonders die markanten ersten Worte, »Wer, wenn ich schriee, hörte mich denn aus der Engel Ordnungen«, in vielen Ohren widerhallen) finden die vierte, fünfte, siebente und achte sich in neue Dichtungen verwandelt wieder. Auch die *Sonette an Orpheus*, die Rilke im selben Monat, dem Februar 1922, mit leichter Hand zu Papier brachte, reizen zur Nachdichtung. Allerdings ist ihre besonders strenge Form vielleicht der Grund, warum letztlich doch nur eine Handvoll von ihnen aufgegriffen worden sind.

Die Startnummer XV aus dem Ersten Teil der *Sonette* gab außerdem den Namen her für dieses Buch: *Tanzt die Orange*. Eine unwiderstehliche Aufforderung, so fanden wir, die Dinge von Neuem zu animieren und das Festgefügte in rhythmische Regung zu bringen. Und war es nicht so, dass die Musiker von DAF Rilke gelesen haben müssen, um auf diesen abgefahrenen Songtitel zu kommen, »Tanz den Mussolini«? Wir tanzen lieber den Rilke. Und sind glücklich, all das zusammen in einem Buch zu haben: eine ganz spezielle neue Rilke-Auswahl und die Übersetzungen so vieler der besten und interessantesten Lyrikerinnen und Lyriker, die heute in deutscher Sprache schreiben.

Die Rilke-Gedichte in diesem Buch folgen, in Wortlaut wie Orthographie, dem Text der Ausgabe der *Sämtlichen Werke*, herausgegeben vom Rilke-Archiv, in Verbindung mit Ruth Sieber-Rilke besorgt von Ernst Zinn, im Insel Verlag. Auch hinsichtlich der Anordnung der Rilke-Gedichte bezieht sich unsere Anthologie im Wesentlichen auf diese Ausgabe, und jedem Rilke-Gedicht folgen wiederum die Antworten der heutigen Dichterinnen und Dichter in deren eigener Orthographie.

Wir danken Julia Graf vom Verlag Hanser Berlin ganz herzlich für ihre tatkräftige Begeisterungsfähigkeit und Prof. Torsten Hoffmann von der Universität Stuttgart für seinen hilfreichen Rat.

Jan Wagner und Norbert Hummelt

Hendrik Jackson

Verneigendes Pastiche

Ich glaube, Rilke ist zu groß für uns
ich suchte dieses Innen seiner Hände
dies Halten, was kein Werkzeug hält, den Wunsch
des Anfangs Angst aufbäumend zu beenden.

Ich trug aus dem Französischen sein »paume«
denn einmal soll ich doch daran reichen:
im Übergang von fame zu foam zu Hohn
um endlich auszuklingen in ganz weichen

Waben, – und einmal hat es doch so viel
von Nähe, Nahen, hat dies: plötzlich Sehen
von über sich hinausgeschraubtem Spil
hinab auf Glieder, ungelenkes Gehen

Und diese Schwere, die den Kopf nur fast
zur Seite, wie bei Dürer, neigt.

Aus: **TRAUMGEKRÖNT**

ES gibt so wunderweiße Nächte,
drin alle Dinge Silber sind.
Da schimmert mancher Stern so lind,
als ob er fromme Hirten brächte
zu einem neuen Jesuskind.

Weit wie mit dichtem Demantstaube
bestreut, erscheinen Flur und Flut,
und in die Herzen, traumgemut,
steigt ein kapellenloser Glaube,
der leise seine Wunder tut.

Carl-Christian Elze

kommt wirklich schnee, sind wir wie kinder
nur wenn er ausbleibt, fängt das sterben an.
kommt wirklich schnee, sind wir wie rinder
die in der reinheit grasen: wolkenland

das uns zu füßen liegt, ein schwebestoff
ein kaltes weiches, angstvergessendes gebilde.
geschenkt von irgendwem, der alles soff:
jede pfütze, jedes meer nach oben hob und milde

wieder senkte. jetzt alle ecken weich und rund.
der schmutz verdrängt in unterweiße schichten.
ein sonnenglitzern in den kalten molekülen

die überm abgrund liegen wie ein rettungshund.
nur wenn wir schneelos sind, stehn die kanülen
und stechen zu: die grauen winterfichten.

Aus: **MIR ZUR FEIER**

VOR lauter Lauschen und Staunen sei still,
du mein tieftiefes Leben;
daß du weißt, was der Wind dir will,
eh noch die Birken beben.

Und wenn dir einmal das Schweigen sprach,
laß deine Sinne besiegen.
Jedem Hauche gieb dich, gieb nach,
er wird dich lieben und wiegen.

Und dann meine Seele sei weit, sei weit,
daß dir das Leben gelinge,
breite dich wie ein Feierkleid
über die sinnenden Dinge.

Thomas Böhme
Die sinnenden Dinge

Das Brot, das Salz, das Öl, der Wein
im Radio ein Menuett
das Zischen der Kaffeemaschine, der Schein
einer Lampe über dem Bett –

Das Haus, der Garten, der Zaun & die Hecken
darüber der Wind streicht.
Der Spinnenstaub in den Zimmerecken
wohin kein Besen reicht.

Die Geräte, an denen die Ziffern blinken
& Dinge, die man ständig vermißt –
Schrauben, Knöpfe & Gaunerzinken –
& das Ding, von dem keiner weiß, was es ist.

TRÄUME, die in deinen Tiefen wallen,
aus dem Dunkel laß sie alle los.
Wie Fontänen sind sie, und sie fallen
lichter und in Liederintervallen
ihren Schalen wieder in den Schooß.

Und ich weiß jetzt: wie die Kinder werde.
Alle Angst ist nur ein Anbeginn;
aber ohne Ende ist die Erde,
und das Bangen ist nur die Gebärde,
und die Sehnsucht ist ihr Sinn –

Arne Rautenberg
kalifornischer mohn

ich weiß jetzt wie kinder werden
auf einem hagren stiel schwankend auf erden
goldgelb blühend
wie kalifornischer mohn

vier blätter der kron
im winde von flatternder pracht
gleich schmetterlingsflügeln
voll tochter und tag voll sohn und voll sacht

goldgelb und schon
wie kalifornischer mohn öffnen die blühenden
blumen der summenden sonne
dem bienengeprüfe ihr blütenbuffet

ICH fürchte mich so vor der Menschen Wort.
Sie sprechen alles so deutlich aus:
Und dieses heißt Hund und jenes heißt Haus,
und hier ist Beginn und das Ende ist dort.

Mich bangt auch ihr Sinn, ihr Spiel mit dem Spott,
sie wissen alles, was wird und war;
kein Berg ist ihnen mehr wunderbar;
ihr Garten und Gut grenzt grade an Gott.

Ich will immer warnen und wehren: Bleibt fern.
Die Dinge singen hör ich so gern.
Ihr rührt sie an: sie sind starr und stumm.
Ihr bringt mir alle die Dinge um.

Yevgeniy Breyger

Ich fürchte mich nicht vor der Menschen Wort

Ich fürchte mich so vor der Menschen Wort.
Sie sprechen alles so deutlich aus:
Und dieses heißt Hund und jenes heißt Haus,
und hier ist Beginn und das Ende ist dort.

Hier ist der Beginn und das Ende ist dort?
Im kürzesten Laut lebt Verstummen fort.
Sie schneiden Gedanken aus Formen aus:
Die Leere als Einheit des Wörterstaus,
es bleibt die Kontur eines Inhalts, Mord.

Mich bangt auch ihr Sinn, ihr Spiel mit dem Spott,
sie wissen alles, was wird und war;
kein Berg ist ihnen mehr wunderbar;
ihr Garten und Gut grenzt grade an Gott.

Ihr Garten und Gut grenzt grade an Gott?
Von außen ein Spiegel, von innen Schrott,
die Lüge zum Abschied, ein Trostkommentar;
das Falsche ist richtig, die Irre spricht wahr;
selbst ich werde mürbe und lebe bigott.

Ich will immer warnen und wehren: Bleibt fern.
Die Dinge singen hör ich so gern.
Ihr rührt sie an: sie sind starr und stumm.
Ihr bringt mir alle die Dinge um.

Ihr bringt mir alle die Dinge um?
Sie singen zu mir vom innersten Kern.
Sie treiben mich gleich zum flüchtenden Stern.
Die Dinge sind einfach: sie leben gern.
Bleibt fern, bringt mich, nicht die Dinge um.

Aus: **DAS STUNDEN-BUCH**

ICH lebe mein Leben in wachsenden Ringen,
die sich über die Dinge ziehn.
Ich werde den letzten vielleicht nicht vollbringen,
aber versuchen will ich ihn.

Ich kreise um Gott, um den uralten Turm,
und ich kreise jahrtausendelang;
und ich weiß noch nicht: bin ich ein Falke, ein Sturm
oder ein großer Gesang.

Thomas Böhme

Zeit zu wachsen, Zeit zu reifen –
wem gelingt, so sein Schicksal zu lenken?
Überhaupt ist es aus der Mode gekommen
sich Wachstum & Reife zusammenzudenken.

Als all die vertrauten Dinge verschwanden
wie Ringe auf Wasser verschwinden
vergaßen wir zusehends ihre Namen
und können sie nicht mehr finden.

Geformt aus Kern- & Haarspaltereien
sind wir ein grauses Gezücht.
Von Gott blieb uns nur seine Abwesenheit
oder ein vages Gerücht.

Wir kreisen um Wissenstürme
und wir irren jahrtausendelang.
Wir können das Leben beziffern.
Unser Krächzen wird doch kein Gesang.

Dinçer Güçyeter

Ich lebe mein Leben (Summer-Club-Version)

Rainer-Boy, ich habe uns beiden bei Primark ein Hawaiishirt gekauft,
lass die wachsenden Ringe am Strand, gib mir deine zitternde Hand,
lass uns beide über die Wellen surfen, die Eier in der Brise lüften.
Unter allen Düften ist das Warten so bitter, die ortlose Haltestelle
lass versuchen, das Schreiben ist der schneidige Grat dieser Schwelle.

Du hattest eine Jugend, deine Träume, deine Flügel, Worte wie Wildschnabel,
Ein Riss im Nabel, das Erbe des Gedichts, Falten unter der Haut, die Flucht,
der verborgene Rahmen des Gesichts, der Trieb, aus der gleichen Schlucht.

Lass uns in der Nacht um den DJ kreisen, um das göttliche Pult
den Saft der Tropenfrucht über die Brust hinuntertropfen, du weißt,
dein Herzklopfen: ein Falke, ein Sturm, ein großer Tanz, im Atem
einer Meerjungfrau, dein Gedicht, ein jahrtausendelanger Gesang,
deine Lust unter Sternen, dein Stöhnen grüßt den Sonnenaufgang.

Du hattest eine Wunde, einen schweren Mantel auf schmalen Schultern,
einen Blick wie eine ziellose Reise, der rötliche Rost im Tor, schwer und leise.
Komm und setze dich zu mir, vergiss die Ringe, die beschlagenen Kreise.

Nora Gomringer

Quasi Baum,
Quasi Kondom,
Quasi failure,
Quasi trial & error,

Quasi Nietzsche, quasi Vogel,
Quasi miles & more extra;
Quasi clueless: bird girl,
storm girl
Or big big la la.

DU, Nachbar Gott, wenn ich dich manchesmal
in langer Nacht mit hartem Klopfen störe, –
so ists, weil ich dich selten atmen höre
und weiß: Du bist allein im Saal.
Und wenn du etwas brauchst, ist keiner da,
um deinem Tasten einen Trank zu reichen:
ich horche immer. Gieb ein kleines Zeichen.
Ich bin ganz nah.

Nur eine schmale Wand ist zwischen uns,
durch Zufall; denn es könnte sein:
ein Rufen deines oder meines Munds –
und sie bricht ein
ganz ohne Lärm und Laut.

Aus deinen Bildern ist sie aufgebaut.

Und deine Bilder stehn vor dir wie Namen.
Und wenn einmal das Licht in mir entbrennt,
mit welchem meine Tiefe dich erkennt,
vergeudet sichs als Glanz auf ihren Rahmen.

Und meine Sinne, welche schnell erlahmen,
sind ohne Heimat und von dir getrennt.

Uwe Kolbe

Rilke und Gott

Von Rilke hätte ich das nicht gedacht.
Am trüben Tag auf seinen Ton zu lauschen,
Klang dünnen Eises in dem Alltagsrauschen,
hat oft zurück in Tritt gebracht.
Auch wenn sie ihn benutzten, blieb ich nah
und lobte seine unerreichte Grenze,
dass auch in Höhen noch sein Sprechen glänze.
Nun steh ich da,

und zwischen uns die nie gedachte Wand,
die fällt nicht; eben noch das Glück,
nun seins und meins, einander fernes Land –
nun dieses Stück
unüberbrückbar fremd.

Hier sagt er es ganz ungehemmt.

Und seine Bilder sprengen ihre Rahmen.
Sein Licht, sein wahrhaft edles, rares Licht
und seine Tiefe, wie sie hier aufbricht,
bekennen nichts als nur den eignen Namen.

Was heißt da Sinne, alle Worte lahmen,
ich fasse diese Hybris nicht.

Dirk von Petersdorff

Im Wohnheim

Diese Wand ist dünn. Einmal ist etwas
gefallen, etwas anderes, Schweres,
wurde geschoben. Ich bin neu hier
auf meiner Matratze an der Membran
und horche. Atmest du jetzt, oder bin das
nur ich, atmet es, Zentimeter voneinander?

Mein kleines Fenster mit dem dunklen Himmel
und den Sternen wie von van Gogh.
Bist du ausgegangen, Cocktails trinken im kosmischen Nebel,
oder erfinde ich dich nur? Schwach wie ein Rascheln.
Brauchst auch du jemanden, wie mich?
Mein Ohr geht auf.

Ich darf mir nicht ausmalen, auf einer weißen Wand,
wie du aussiehst.
Aber einmal im Flur habe ich dich bestimmt
ins Zimmer huschen sehen.

Klopf an, klopf wie der Specht zu Hause
durchs Winterende hohl und hallend pochte.
Diese Wand steht fest, mein Knie dagegen –
oder ein Vorhang, der sich hebt,
aus zwei wird eins, es könnte sein –

am Mensatisch sitzen die Spötter,
aber ich liege wach, du könntest sein,
es liegt an mir, ganz an mir, liegst du.

ICH lebe grad, da das Jahrhundert geht.
Man fühlt den Wind von einem großen Blatt,
das Gott und du und ich beschrieben hat
und das sich hoch in fremden Händen dreht.

Man fühlt den Glanz von einer neuen Seite,
auf der noch Alles werden kann.

Die stillen Kräfte prüfen ihre Breite
und sehn einander dunkel an.

Björn Kuhligk
Die Straße, die Kraniche

Die Zeit, es wird 8 Uhr 31, im halbfertigen Licht
betrachten zwei Menschen die Pfandannahmestelle
dahinter die Baumschule, der Vogel des Jahres
sitzt auf dem Baum des letzten Jahres, die Neubauten
vor den Plattenbauten, dazwischen steht einer
und zählt von null auf hundert, er lebte schon
als das Jahrtausend ging, als das Jahrtausend kam
wenn Kapital von allein arbeitet, wird er bald Vater
jenseits der Straße die Pferde, die in ihrer Müdigkeit
gehaltenen Pferde und ihre parallel zum Bauland
ausgerichteten Pupillen, auf den Wiesen die Strommasten
in der Bushaltestelle der Kritikerempfang

LÖSCH mir die Augen aus: ich kann dich sehn,
wirf mir die Ohren zu: ich kann dich hören,
und ohne Füße kann ich zu dir gehn,
und ohne Mund noch kann ich dich beschwören.
Brich mir die Arme ab, ich fasse dich
mit meinem Herzen wie mit einer Hand,
halt mir das Herz zu, und mein Hirn wird schlagen,
und wirfst du in mein Hirn den Brand,
so werd ich dich auf meinem Blute tragen.

Titus Meyer

Loesch mir die Augen aus, ich kann dich sehn

Nag meine Kindsohren aus, ich lausche dich;
kann ich, auch ich, die Heis're, mundlos sagen.
Auch ohne Musik singen sich danach Lieder.
Kau mich Nuss, doch ich geh nie nieder. Nasal
genial und ohne Nase riech ich dich, am Kuss.
Und ohne Arme schlag ich kess in dich ein. Au!
Oh schau, schick lind meine Haende ins Grau,
doch ich reich sie hakig den Musen Lunas. Na,
loesch mich, Ruin. Und ich Aas kann es; gedieh.
Oh du Sack, schlag mein Hirn aus, ich ende nie!

NACHTWÄCHTER ist der Wahnsinn,
weil er wacht.
Bei jeder Stunde bleibt er lachend stehn,
und einen Namen sucht er für die Nacht
und nennt sie: sieben, achtundzwanzig, zehn…

Und ein Triangel tragt er in der Hand,
und weil er zittert, schlägt es an den Rand
des Horns, das er nicht blasen kann, und singt
das Lied, das er zu allen Häusern bringt.

Die Kinder haben eine gute Nacht
und hören träumend, daß der Wahnsinn wacht.
Die Hunde aber reißen sich vom Ring
und gehen in den Häusern groß umher
und zittern, wenn er schon vorüberging,
und fürchten sich vor seiner Wiederkehr.

Kerstin Hensel

WENN DER STUNDENDEALER ZU MIR SAGT: DU BIST DAS
Letzte, dich hab ich noch
Einzupacken! kommt der Lieferwagen gleich hinterher. Nachts
Wenn der Rattendiktator
Sein quietschendes Volk übermannt
Zieht er auch meine Nummer: EinsNeunSechsEins!
Herzpauke Triangel SchlagumSchlag

Ratteneskorten benagen die Kisten und in den Häusern
In denen das Licht
Unbezahlbar geworden ist, schmieden die Väter Ketten
Für ihre Kinder. Keines will sich mehr
Losreißen, Hunde haben
Eine gute Nacht, die Fütterung läuft über
Spenden der Gelben Liste.

Ich weiß nicht wo
Mir der Kopf steht auf den Füßen lachend oder neben mir
Liegt der Stundendealer
Und fürchtet sich
Vor meiner Wiederkehr.

DA leben Menschen, weißerblühte, blasse,
und sterben staunend an der schweren Welt.
Und keiner sieht die klaffende Grimasse,
zu der das Lächeln einer zarten Rasse
in namenlosen Nächten sich entstellt.

Sie gehn umher, entwürdigt durch die Müh,
sinnlosen Dingen ohne Mut zu dienen,
und ihre Kleider werden welk an ihnen,
und ihre schönen Hände altern früh.

Die Menge drängt und denkt nicht sie zu schonen,
obwohl sie etwas zögernd sind und schwach, –
nur scheue Hunde, welche nirgends wohnen,
gehn ihnen leise eine Weile nach.

Sie sind gegeben unter hundert Quäler,
und, angeschrien von jeder Stunde Schlag,
kreisen sie einsam um die Hospitäler
und warten angstvoll auf den Einlaßtag.

Dort ist der Tod. Nicht jener, dessen Grüße
sie in der Kindheit wundersam gestreift, –
der kleine Tod, wie man ihn dort begreift;
ihr eigener hängt grün und ohne Süße
wie eine Frucht in ihnen, die nicht reift.

Slata Roschal

Wir sitzen da und strecken uns behutsam
Die Hände so eine Art verrückte Tiere
Die mitten in der Großstadt einen Brutplatz suchen
Auch Wände blühen aus mein neues Kleid hat sich verfärbt
Akzeptierst du denn den Lauf der Dinge
Den Kater der in die falsche Richtung läuft
Den Lastwagen dem der Motor ausgeht
Kein Spatz fällt auf die Erde ohne es zu wissen
Lass uns in einer Tagesklinik für Psychiatrie
Und Psychotherapie nach neuen Namen fragen
Schau da auf deinem Arm sitzt eine Bernsteinschabe
Sie sucht nach Fenstern lebt von morschem Gras

Aus: **DAS BUCH DER BILDER**

MUSIK

WAS spielst du, Knabe? Durch die Gärten gings
wie viele Schritte, flüsternde Befehle.
Was spielst du, Knabe? Siehe deine Seele
verfing sich in den Stäben der Syrinx.

Was lockst du sie? Der Klang ist wie ein Kerker,
darin sie sich versäumt und sich versehnt;
stark ist dein Leben, doch dein Lied ist stärker,
an deine Sehnsucht schluchzend angelehnt. –

Gieb ihr ein Schweigen, daß die Seele leise
heimkehre in das Flutende und Viele,
darin sie lebte, wachsend, weit und weise,
eh du sie zwangst in deine zarten Spiele.

Wie sie schon matter mit den Flügeln schlägt:
so wirst du, Träumer, ihren Flug vergeuden,
daß ihre Schwinge, vom Gesang zersägt,
sie nicht mehr über meine Mauern trägt,
wenn ich sie rufen werde zu den Freuden.

Lars Reyer

Musik nach Rilke

Ich habe als Knabe (knapp über seltenen Erden) in Gärten
gekotzt, hinein in die Stöcke von Rosen & in die losen
Schimmerbeeren. Mein Mund schmeckt nach Ravioli aus Dosen.
Ich habe als Knabe gespielt auf Instrumenten, den ausgezehrten.

Ich fand nur nie meine Seele außerhalb der Musik, ein Kerker
ist immer der klanglose Traum, der sich über die Stunden dehnt –
Stark ist mein Lied, doch meine Leber ist stärker. Jeder Ton,
den ich singe, ist einer schluchzenden Flasche entlehnt.

Gebt mir doch bitte (ihr seltenen Erden & Himmel) mein
Schweigen zurück. Merkt ihr denn nicht, was ich merke,
wenn ich den Output verstärke? Jeder geschlossene Raum
ist ein Sarg. Ich will dem Flutenden ein bißchen Atem

rauben, ganz ohne Reim. Niemand, der mit den Flügeln schlägt:
Durch schnapshelle Nächte gehe ich mit den Leuten,
noch nie hat einer von ihnen meine Stimme zersägt,
denn sie wissen: Was sie über die Mauern trägt,
sind unsere stärkeren Lieder, die niemals bereuten.

DER KNABE

ICH möchte einer werden so wie die,
die durch die Nacht mit wilden Pferden fahren,
mit Fackeln, die gleich aufgegangenen Haaren
in ihres Jagens großem Winde wehn.
Vorn möcht ich stehen wie in einem Kahne,
groß und wie eine Fahne aufgerollt.
Dunkel, aber mit einem Helm von Gold,
der unruhig glänzt. Und hinter mir gereiht
zehn Männer aus derselben Dunkelheit
mit Helmen, die, wie meiner, unstät sind,
bald klar wie Glas, bald dunkel, alt und blind.
Und einer steht bei mir und bläst uns Raum
mit der Trompete, welche blitzt und schreit,

und bläst uns eine schwarze Einsamkeit,
durch die wir rasen wie ein rascher Traum:
Die Häuser fallen hinter uns ins Knie,
die Gassen biegen sich uns schief entgegen,
die Plätze weichen aus: wir fassen sie,
und unsre Rosse rauschen wie ein Regen.

Farhad Showghi
Klangcheck

Die Ferne spielt auf jenes Detail an,
an dem wir nicht mehr lange hängenbleiben.
Die Finger sind kalt

und warum jetzt nicht einen Bogen spannen:
Zur Einstimmung die straffende Hand, den Arm anstarren,
Speichel schlucken, Dinge sagen,

also Creme-Flecken oder die Tendenz erwähnen,
langsam das Gewicht zu erhöhen.
Einen gewöhnlichen Summton miteinbeziehen, ruhig
sein Nichtweiterwissen,

und all das, was vielleicht an einen Beginn erinnert,
an die Triebfeder,
ihr Gelegenheitergreifen,
denn es ist auch gut,

die Luft an sich entlang gleiten zu lassen,
etwas umzudrehen,
ins Staublicht zu halten,
dann kurz zu überlegen, einen Drittelschritt zur Seite zu treten,

erst dort wieder einzuatmen,
und einen Blick auf Partikel zu werfen,
die früher oder später
Taukügelchen sind.

Doch nun genug vom inneren Echo,
seinen Spielen
und jenem Moment,
da sich selbst ein Geräusch danach sehnt,
Rauschen und Rascheln in einem zu sein.

ZUM EINSCHLAFEN ZU SAGEN

ICH möchte jemanden einsingen,
bei jemandem sitzen und sein.
Ich möchte dich wiegen und kleinsingen
und begleiten schlafaus und schlafein.
Ich möchte der Einzige sein im Haus,
der wüßte: die Nacht war kalt.
Und möchte horchen herein und hinaus
in dich, in die Welt, in den Wald.
Die Uhren rufen sich schlagend an,
und man sieht der Zeit auf den Grund.
Und unten geht noch ein fremder Mann
und stört einen fremden Hund.
Dahinter wird Stille. Ich habe groß
die Augen auf dich gelegt;
und sie halten dich sanft und lassen dich los,
wenn ein Ding sich im Dunkel bewegt.

Ilma Rakusa

Einsingen

Du liegst zwischen zwei weissen Elefanten
weicher als weich
du siehst schon ferne Trabanten
und bist vier Jahre klein
geschlossen die Jalousien
die Nacht nistet schwarz
ich erzähl dir von Riesen
im gebirgigen Harz
erzähl von Delfinen
sagst du müde und gähnst
warum nicht singen? Gesang ist wie Wind
da hörst du die Zeit, wie sie lautlos rinnt
draussen ein Auto, und schon vorbei
Augen zu, mein Prinz, wir sind allein
ich horche auf deinen Atem
schlafaus und schlafein

DIE ASCHANTI

(Jardin d'Acclimatation)

KEINE Vision von fremden Ländern,
kein Gefühl von braunen Frauen, die
tanzen aus den fallenden Gewändern.

Keine wilde fremde Melodie.
Keine Lieder, die vom Blute stammten,
und kein Blut, das aus den Tiefen schrie.

Keine braunen Mädchen, die sich samten
breiteten in Tropenmüdigkeit;
keine Augen, die wie Waffen flammten,

und die Munde zum Gelächter breit.
Und ein wunderliches Sich-verstehen
mit der hellen Menschen Eitelkeit.

Und mir war so bange hinzusehen.

O wie sind die Tiere so viel treuer,
die in Gittern auf und niedergehn,
ohne Eintracht mit dem Treiben neuer
fremder Dinge, die sie nicht verstehn;
und sie brennen wie ein stilles Feuer
leise aus und sinken in sich ein,
teilnahmslos dem neuen Abenteuer
und mit ihrem großen Blut allein.

Stefan Schmitzer

(Jardin d'Acclimatation)
(APESHIT)

da sind leute in käfigen und strahlen keinerlei wildheit aus.
...
...

es ist damit zu rechnen, wenn wir nach deutsch-südwest reisten,
dass wir die gleichen langweiligen OTTOS dorten träfen wie hier
...

irgendwie scheint es dem einen OTTO da vor dem einen käfig,
da er die leute im käfige keinerlei wildheit ausstrahlen sieht,
es seien seine alltagspflichtchen auch ein so ein käfig.

und seien, weil überall käfige, auch eh überall
lauter menschengeschwister. wie tröstlich.

…

ach OTTO.

• es eignet sich halt diese frechheit von einem menschenzoo wirklich nicht dazu, als metapher zu dienen für den zustand in dem menschen-un-zoo, wo die OTTOS leben, die so einen menschenzoo tatsächlich bauen und tatsächlich leute in gehege dreinsetzen …
• und wenn ein so ein OTTO das [das *unbehagen in der kultur*] dran verspürt, dass das so ist, und wenn er's dann noch so vielmal besser mag bezeichnen als jeder andere OTTO zwischen aachen und aschantiland, dann ist das trotzdem all's falsch, und zwar genausoweit, wie's wahr ist …
• solang' der menschenzoo am ende des gedichts noch steht, und insbesondere, solang der wunsch, es möge eine wildheit, sexy-heit et zett. in denen gliedern von den leuten da im käfig stecken, noch im OTTO steckt, als wie die wildsau und der leu und wie das NASHORN in dem benachbarten, dem tiere-zoo, im käfig steckt …
• solang das NASHORN also nicht und nicht entbrennt, und nicht den menschenzoo in schutt und asche …
• solang der OTTO vor dem exponat »aschanti« nicht den ca. »Amok-Gott des ältern Bluts« [um spöttisch OTTOS guten tonfall nachzuahmen] in sich spürt und mit dem NASHORN, sich auf den breiten rücken NASHORNs schwingend, die GITTERSTÄBE breitbiegt, wegbiegt, niederbiegt, und die JARDINS zur AKKLIMATATION zwingt, also das rasengras zur anpassung dem nashornhuf, die büsche und blüten zur anpassung …
• solange OTTO also nicht als wie ein SÈVRESTÄSSCHEN auf dem NASHORNRÜCKEN im galloppe balancierend mit zwingendem HUFE den kolonialen menschen eine gasse in die stadt, zum [*zirka*] louvre, wo sie die mona lisa anschauen können, oder zum beispiel in ein besseres hotel, das man mit NASHORN-zwangsgewalt retourkolonisieren könnte …

• [*an dieser stelle merken wir, wie schon die ganze zeit die nummer APESHIT von dem großkunstpaare CARTER läuft, das im schon erwähnten großkunstkäfig LOUVRE damals dieses video drehte …*]
• solang' das alles nicht, solange OTTO nur empfindet, solang' stimmt's auch nicht, wenn es noch so schön und tief und ganz genau et zett …

EINSAMKEIT

DIE Einsamkeit ist wie ein Regen.
Sie steigt vom Meer den Abenden entgegen;
von Ebenen, die fern sind und entlegen,
geht sie zum Himmel, der sie immer hat.
Und erst vom Himmel fällt sie auf die Stadt.

Regnet hernieder in den Zwitterstunden,
wenn sich nach Morgen wenden alle Gassen
und wenn die Leiber, welche nichts gefunden,
enttäuscht und traurig von einander lassen;
und wenn die Menschen, die einander hassen,
in *einem* Bett zusammen schlafen müssen:

dann geht die Einsamkeit mit den Flüssen …

Ilma Rakusa

Einsamkeit

Drei Silben und ein Schrei, der still verhallt
wo ist die Weite?
das Zimmer kreist längst in sich selbst
du mittendrin aus Blei und ohne Ziel
weisst nicht mehr, wer du bist und was die Welt
ihr ganzes Einerlei
das Bett zu zweit: ein Rechenbrett
der andre Atem fremd, suspekt
wie deine fahlen Beine hingebreitet
ein Objekt, mehr nicht
wenn nur die Füsse wüssten
wo die Flüsse sind, die Wege

HERBSTTAG

HERR: es ist Zeit. Der Sommer war sehr groß.
Leg deinen Schatten auf die Sonnenuhren,
und auf den Fluren laß die Winde los.

Befiehl den letzten Früchten voll zu sein;
gieb ihnen noch zwei südlichere Tage,
dränge sie zur Vollendung hin und jage
die letzte Süße in den schweren Wein.

Wer jetzt kein Haus hat, baut sich keines mehr.
Wer jetzt allein ist, wird es lange bleiben,
wird wachen, lesen, lange Briefe schreiben
und wird in den Alleen hin und her
unruhig wandern, wenn die Blätter treiben.

Róža Domašcyna

Wieder ein Herbst

Herr Jahwe, Zeus, Aton,
der Sommer hat geschlaucht,
nicht dich, du solltest dich jetzt regen:
Schatten legen,
Wolkentürme mit dem Wind bewegen.
Zyklone lasse aus, doch pralle Früchte richte,
Restsüße in den schweren Wein. Da deinen
Herrschaftskreis ich durch die Sphären
bis zur Sonne sichte.

Jetzt hauslos sein, allein, bringt Unbill ein.
Bleibt: wachen Auges lesen, Bettelbriefe schreiben.
In Unruh mit Geduld, wie Rodin sagt, in Arbeit auch.

HERBST

DIE Blätter fallen, fallen wie von weit,
als welkten in den Himmeln ferne Gärten;
sie fallen mit verneinender Gebärde.

Und in den Nächten fällt die schwere Erde
aus allen Sternen in die Einsamkeit.

Wir alle fallen. Diese Hand da fällt.
Und sieh dir andre an: es ist in allen.

Und doch ist Einer, welcher dieses Fallen
unendlich sanft in seinen Händen hält.

Andreas Altmann

Herbstlicht

Licht senkt Wolken, die alle Schatten
verlieren und im Boden versinken, als würden sie
nicht wieder erscheinen. Im Dunkel vereinsamt
der Himmel, gehen die Augen allein
durch das Haus, durch die Wälder.
Die Hände gefaltet, feucht von den Tränen,
aus den Wangen gestrichen, hörst du den Atem
ganz nah aus der Ferne. Am Ende der Nacht
bist du wach, ein Lächeln verrät das Gesicht.

STROPHEN

IST einer, der nimmt alle in die Hand,
daß sie wie Sand durch seine Finger rinnen.
Er wählt die schönsten aus den Königinnen
und läßt sie sich in weißen Marmor hauen,
still liegend in des Mantels Melodie;
und legt die Könige zu ihren Frauen,
gebildet aus dem gleichen Stein wie sie.

Ist einer, der nimmt alle in die Hand,
daß sie wie schlechte Klingen sind und brechen.
Er ist kein Fremder, denn er wohnt im Blut,
das unser Leben ist und rauscht und ruht.
Ich kann nicht glauben, daß er Unrecht tut;
doch hör ich viele Böses von ihm sprechen.

Kathrin Schmidt

stoven

ist eine, der gehn alle von der hand,
den fetten fingern und den fingerinnen.
sie zählt die alten unter den ondinen
und lässt sie schwarze brettersärge bauen,
laut schreiend, es gibt keine melodie;
und stellt die särge zu den alten frauen,
die noch dem tod misstraun, als käm er nie.

ist eine, der gehn alle von der hand,
dass nichts mehr bleibt als altersschwaches hächen.
sie ist so fremd und nimmt sich von der glut,
die unterm leben brennt fürs rot der wut.
mir will wohl aufgehn, dass sie unrecht tut;
doch hör ich viele gutes von ihr sprechen.

SCHLUSZSTÜCK

DER Tod ist groß.
Wir sind die Seinen
lachenden Munds.
Wenn wir uns mitten im Leben meinen,
wagt er zu weinen
mitten in uns.

Helwig Brunner

rest

als die moleküle sprechen lernten,
erzählten sie vom leben, erzählten,
was geschah & was man unterließ.
wir wussten wenig & lachten gern.
es gab geschichten, die geschichte
ihrer stratigrafie, plastik & gebein
& die sprachen selbst als leitfossil
des anthropozän. ein wort reichte
über sich hinaus: über uns hinaus,
ein salziges wort, das stehen blieb,
der rest einer division durch null.

Aus: **NEUE GEDICHTE**
FRÜHER APOLLO

WIE manches Mal durch das noch unbelaubte
Gezweig ein Morgen durchsieht, der schon ganz
im Frühling ist: so ist in seinem Haupte
nichts was verhindern könnte, daß der Glanz

aller Gedichte uns fast tödlich träfe;
denn noch kein Schatten ist in seinem Schaun,
zu kühl für Lorbeer sind noch seine Schläfe
und später erst wird aus den Augenbraun

hochstämmig sich der Rosengarten heben,
aus welchem Blätter, einzeln, ausgelöst
hintreiben werden auf des Mundes Beben,

der jetzt noch still ist, niegebraucht und blinkend
und nur mit seinem Lächeln etwas trinkend
als würde ihm sein Singen eingeflößt.

Martina Hefter

Ohne Titel

Man sieht Zweige, an denen keine Blätter sind.
Sie sind verschränkt und übereinander.
Das Ganze spielt am Morgen, cirka sieben, es ist Frühling.
Apollo kommt ins Bild, der Kopf.
Apollo ist aus Marmor, steht in einem Garten.
Hier ist es Herbst und auch am Morgen.
Ich bin auch in einem Garten, nah an einem See,
ich bin in Sachsen, Montag nach der Wahl, nichts kann heute
irgendwas verschönern

als vielleicht das Schreiben über dieses Bild mit dem Apoll,
stummseelig zwischen den Rosen.
Apollo, der Gott der Gedichte, ich sage, er war der Gott der Gedichte.
Der Glanz aller Gedichte soll mich heute treffen.
Der Morgen ist so klar, dass nichts mich hindern könnte,
jetzt an diesem zweiten neunten vierundzwanzig
in diesem Garten, wo ich bin, wo kein Apollo ist,
aber ein Hund, Bella, einfach nichts zu denken.
Es wird ein heißer Tag, der alles andere als herbstlich
runterbrechen wird,
ich weiß, ich werde schwimmen gehen.
Hier sind zwar keine Rosen, aber Sträucher mit ganz schwarzen
kleinen Beeren,
sie sind, man muss es sagen, welk,
kein Regen seit ewig oder nur nutzlose huschende Schauer,
ich trag seit Jahren im September kurze Hosen.
Die Wahldiagramme gestern nur kurz angesehen
auf dem Handy, da kein WLAN, Apollo war egal,
ich ging auch da schon schwimmen.
Dieser weite, eigentlich ganz schöne Garten
hier in Sachsen an einem Tagebausee, ich wollt
er wäre außerhalb und still und aus der Zeit gefallen
wie das Gedicht von Rilke.
Ich trinke Tee, mir wird kein Singen eingeflößt,
ich zieh hier weg, wenn das so weitergeht.
Der Hund Bella immerhin ist neben mir und liebt mich.
Ich trinke Tee mit einem kleinen Lächeln.
Weil Bella da ist, und über mir sind Äpfel.
Sie fallen manchmal runter und dann der hübsche Knall,
unschuldig und neu.
Ich hör zum ersten Mal, dass die B12 da hinten ist.
So viel zum Paradies, zum Garten.
Das ist der Morgen, der Apollo im Gedicht kann weder was dafür
noch kann er was verändern,

wahrscheinlich ist das Ziel verfehlt, ich sollte das Gedicht doch neu
und nah entlang Apollos schreiben und das tat ich erst,
aber jetzt – ich sage, Apollo war der Gott der Gedichte, also
lass ihn etwas von dem Glanz des Gartens irgendwie vermehren.

LIEBES-LIED

WIE soll ich meine Seele halten, daß
sie nicht an deine rührt? Wie soll ich sie
hinheben über dich zu andern Dingen?
Ach gerne möcht ich sie bei irgendwas
Verlorenem im Dunkel unterbringen
an einer fremden stillen Stelle, die
nicht weiterschwingt, wenn deine Tiefen schwingen.
Doch alles, was uns anrührt, dich und mich,
nimmt uns zusammen wie ein Bogenstrich,
der aus zwei Saiten *eine* Stimme zieht.
Auf welches Instrument sind wir gespannt?
Und welcher Geiger hat uns in der Hand?
O süßes Lied.

Jürg Halter
Haltlos

Ich falle und weiss nicht woher.
Als wäre ich gerade erst
aus einem flatterhaften Traum erwacht,
der mir vorspielte, mitten im Leben zu stehen.
So harre ich mit verneinender Gebärde –
verschwitzt auf der Bettkante.

Ich ahne: Irgendwo da draussen ist einer,
der dieses Fallen lachend seines nennt.
Kaum zu glauben.
Falle ich mir etwa selbst entgegen?
Eines nur weiss ich:
Es gibt kein Halten mehr.

SAPPHO AN ALKAÏOS
Fragment

UND was hättest du mir denn zu sagen,
und was gehst du meine Seele an,
wenn sich deine Augen niederschlagen
vor dem nahen Nichtgesagten? Mann,

sieh, uns hat das Sagen dieser Dinge
hingerissen und bis in den Ruhm.
Wenn ich denke: unter euch verginge
dürftig unser süßes Mädchentum,

welches wir, ich Wissende und jene
mit mir Wissenden, vom Gott bewacht,
trugen unberührt, daß Mytilene
wie ein Apfelgarten in der Nacht
duftete vom Wachsen unsrer Brüste –.

Ja, auch dieser Brüste, die du nicht
wähltest wie zu Fruchtgewinden, Freier
mit dem weggesenkten Angesicht.
Geh und laß mich, daß zu meiner Leier
komme, was du abhältst: alles steht.

Dieser Gott ist nicht der Beistand Zweier,
aber wenn er durch den Einen geht
– – – – – – – – – – – – – – –

Arne Rautenberg

sapphisches

dieser gott ist nicht der beistand zweier
doch wenn er durch den einen geht
wie weichgeworfner sanduhrensand
bist du es

zerlegt als linie in myriaden punkte
zerfalln als farbe zahllos in pigmente
aus einem weiten weg ein naher wird
was war hat sich ins ist bewegt

befrag das animalische
das himmlisches befragt
ein hundeauge zeigt sein weiß dem wind daher
der blind darüberfegt

DER AUSZUG DES VERLORENEN SOHNES

NUN fortzugehn von alledem Verworrnen,
das unser ist und uns doch nicht gehört,
das, wie das Wasser in den alten Bornen,
uns zitternd spiegelt und das Bild zerstört;
von allem diesen, das sich wie mit Dornen
noch einmal an uns anhängt – fortzugehn

und Das und Den,
die man schon nicht mehr sah
(so täglich waren sie und so gewöhnlich),
auf einmal anzuschauen: sanft, versöhnlich
und wie an einem Anfang und von nah;
und ahnend einzusehn, wie unpersönlich,
wie über alle hin das Leid geschah,
von dem die Kindheit voll war bis zum Rand –:
Und dann noch fortzugehen, Hand aus Hand,
als ob man ein Geheiltes neu zerrisse,
und fortzugehn: wohin? Ins Ungewisse,
weit in ein unverwandtes warmes Land,
das hinter allem Handeln wie Kulisse
gleichgültig sein wird: Garten oder Wand;
und fortzugehn: warum? Aus Drang, aus Artung,
aus Ungeduld, aus dunkler Erwartung,
aus Unverständlichkeit und Unverstand:
Dies alles auf sich nehmen und vergebens
vielleicht Gehaltnes fallen lassen, um
allein zu sterben, wissend nicht warum –

Ist das der Eingang eines neuen Lebens?

Dinçer Güçyeter

Der Widerspruch der verlorenen Söhne (Rap-Version)

Diese Bastardstraßen, über uns die farbbesprühten Discounterschilder,
leere Bierflaschen, scharfe Bordsteinkanten drunten, das hier, Kinder,
das hier ist nicht euer Schicksal, die Zukunft mit Abgangszeugnis,
der Blick im Pass, die Narbe im Gesicht, tätowiertes Verhängnis.
Schaut, wie schön eure Gesichter in tiefen, verteilten Pfützen,
ihr habt eure Träume, eure Wahrheit, die Welt ihre eigenen Lügen,
wer sagt, schwarze Fische überlebten niemals die weiten Wüsten,

fuck! im Norden oder Süden, bleibt die Wolke über Flüssen,
zieht den Dorn aus dem Fleisch, seid nie genügsam, bleibt nie
im sicheren Gartenteich, es gibt immer einen Platz in vollen Zügen.
Gewöhnt euch nie an bequeme Bänke, versteckt sind die Splitter,
wie der giftige Duft der Flieder im Zimmerspray, schaut über das Gitter,
die Heimat, eine gesponserte Lüge auf dem Display, die Lücke
im Lebenslauf, die Krücke für den gebrochenen Mut, die Brücke
zwischen zwei Silben im gleichen Wort, an zwei Rändern am gleichen Ort.
Versöhnt euch nie mit Wahlplakaten, nehmt eure Kindheit, euren Akzent,
tanzt gegen die Parolen, gegen cringe Posen, fragt, wer ist der Welt fremd,
wer die Straße kennt, wer uns trennt, fragt, wo der Wind weht, wo es brennt.
Hört, was Rilke fragt, woher das Fremdweh? aus Drang, aus Artung
aus Ungeduld, aus dunkler Erwartung, aus verlogener Beratung:

Das alles kennt ihr, diese Mühe, diese Fracht,
und das einsame Singen vor jedem Verdacht,
fragt nicht, wo beginnt und wo endet die Macht.

Singt weiter, ist nicht jedes Lied ein Schritt in ein neues Leben?
Dinço sagt ganz easy: jo digga!

DER TOD DES DICHTERS

ER lag. Sein aufgestelltes Antlitz war
bleich und verweigernd in den steilen Kissen,
seitdem die Welt und dieses von-ihr-Wissen,
von seinen Sinnen abgerissen,
zurückfiel an das teilnahmslose Jahr.

Die, so ihn leben sahen, wußten nicht,
wie sehr er Eines war mit allem diesen;
denn Dieses: diese Tiefen, diese Wiesen
und diese Wasser *waren* sein Gesicht.

O sein Gesicht war diese ganze Weite,
die jetzt noch zu ihm will und um ihn wirbt;
und seine Maske, die nun bang verstirbt,
ist zart und offen wie die Innenseite
von einer Frucht, die an der Luft verdirbt.

Joachim Sartorius

Der Tod des Dichters

Steif lag er in den aufgetürmten Kissen,
abgekehrt der Welt. Von ihr zu wissen
mit stummen Sinnen, reizt nicht mehr,
fahl wie er ist, bewusstlos überlassen
dem teilnahmslosen Vergehen von Zeit.

Die, die ihn noch lebend sahen, erkannten nicht,
dass er eins war mit all diesem, mit Wasser,
Ländern, Wäldern, und dass sich diese Tiefen
widerspiegelten in seinem Gesicht.

Ja, sein Antlitz zeigt diese ganze Weite,
die um ihn wirbt, nicht von ihm lassen will.
Denn nur die Maske ist es, die jetzt stirbt,
ängstlich, zart und offen wie eine Frucht,
die langsam an der Luft verdirbt.

DIE FENSTERROSE

DA drin: das träge Treten ihrer Tatzen
macht eine Stille, die dich fast verwirrt;
und wie dann plötzlich eine von den Katzen
den Blick an ihr, der hin und wieder irrt,

gewaltsam in ihr großes Auge nimmt, –
den Blick, der, wie von eines Wirbels Kreis
ergriffen, eine kleine Weile schwimmt
und dann versinkt und nichts mehr von sich weiß,

wenn dieses Auge, welches scheinbar ruht,
sich auftut und zusammenschlägt mit Tosen
und ihn hineinreißt bis ins rote Blut – :

So griffen einstmals aus dem Dunkelsein
der Kathedralen große Fensterrosen
ein Herz und rissen es in Gott hinein.

Mirko Bonné

Die Zimmersphinx

Wenn wir zusammensaßen, brannten wir
das grüne Blättchen ab, das immer wusste,
wann noch fünf Blättchen blieben, und erst da,
nach zitterlosem Zögern, schwarz und stumm
als Ascheflocke in der Luft verflog.

Und schon stellt sich die Katze vor uns auf,
die Sphinx von Gizeh auf dem Päckchendeckel.
Da! Schon sah ich den grünen Flammenfink
in ihrem Auge flattern, wenn auch nur,
bis sie das Lid schloss, das den Vogel fraß.

Wir rissen aus der Pappe Streifen, rollten
daraus für Tüten Filter, krümelten
zum Tabak unser Gras. Wir lachten, ahnten
das Glück, das uns gleich blühen würde, und
im Blick der Katze lag was Göttliches.

Hineingerissen werden wollten wir
in nichts, in Rilke nicht und nicht in Gott,
nur echt sein und lebendig. Und ihr Lid
ging zu, ging auf leicht schräg, als würde es
uns gleich den Weg hinein in sie verraten.

DER PANTHER

Im Jardin des Plantes, Paris

SEIN Blick ist vom Vorübergehn der Stäbe
so müd geworden, daß er nichts mehr hält.
Ihm ist, als ob es tausend Stäbe gäbe
und hinter tausend Stäben keine Welt.

Der weiche Gang geschmeidig starker Schritte,
der sich im allerkleinsten Kreise dreht,
ist wie ein Tanz von Kraft um eine Mitte,
in der betäubt ein großer Wille steht.

Nur manchmal schiebt der Vorhang der Pupille
sich lautlos auf –. Dann geht ein Bild hinein,
geht durch der Glieder angespannte Stille –
und hört im Herzen auf zu sein.

Titus Meyer

Der Panther

Wie alt steht unten Sand und keine Rebe.
Und satt sein Beten keine Wunder haelt.
In Elendshuette winkten da nur Staebe
und hinter tausend Staeben keine Welt.

Wann hebt das neue Dunkel seine Tritte?
Wenn Bein und seine Klaue tastet, dreht.
Und seht, an Enden weint er: Klause, bitte,
aus deinen Kanten nur die Welt besteht?

Erbaut in Lideskutten wehn denn Aeste,
und weht an trueben Ketten Dasein leis.
Aus Wind entbunden, hatte kleine Reste.
Sein Traenwund endet. Knaeult, hebt Eis.

Ulrike Draesner

pant her

si étonné que moi la savage
savait »mon ovid« / »mais
qu'est-ce k'ill enseignent aux ces
écoles africaines?« / my
blackness, rilke
derailed you ma linguicité »fluide«
mes »knacks« (I too had lived on
starnberger see) pour le ne-revoir
j'extendait mes ongles rouges ma
main bicolore »une feuille couverte
des lettres« – dein erster falscher-pass
meiner »conversation« (trying
to »plant« me). cutting you
short on a kiss I heard your
petti-hiss:
pant her –
how riled you ran
nst. turned me into a beast (en
passant topping your ovid) ta bête
bêtise on juicy paws prawling
the circle of your gaze
(panted, in-fanted)
in each reading of your text
in my every move
bar-
coded

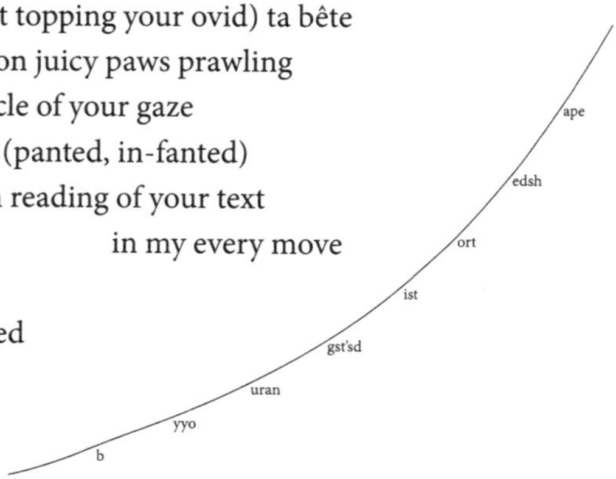

weggeworfen wie ein kleines lachen
jede faser meines ichs

Bertram Reinecke

»Der Mönch am Meer ist Friedrichs Panther«
Norbert Hummelt

Der Mönch

An Friedrichs Meer, Sellin

Der Blick nach Netzen, welche Fischer stellen,
verliert sich schwankend nur in Blaugraugrün.
Bis an den Horizont zerschellen Wellen
und über Wellen Dunst und Wolken ziehn.

Wie Möven tanzt der Schaum auf starken Wogen
worin die Helle sich in Strudeln dreht
und wird betäubt ins Dunkel eingesogen
das Licht, das nördlich fahl am Himmel steht.

Wie ohne Lider starren die Pupillen
Und Brand- um Brandung schlägt ins Herz ihm ein.
Da schäumt ein Drang in seiner Kutte Stille:
Ins Schwarz der Flut geh, geh hinein.

Cia Rinne

DER DICHTER

DU entfernst dich von mir, du Stunde.
Wunden schlägt mir dein Flügelschlag.
Allein: was soll ich mit meinem Munde?
mit meiner Nacht? mit meinem Tag?

Ich habe keine Geliebte, kein Haus,
keine Stelle auf der ich lebe.
Alle Dinge, an die ich mich gebe,
werden reich und geben mich aus.

Volker Sielaff

Der Dichter

Mach ma die Flocke, Zeit.
Es tut mir schon allzu weh,
dass ich bei Tag und bei Nacht
hier so mundlos steh.

Da große Liebe. Da großes Zimmer.
Ist das alles bloß »Phantasie«?
Poesie rinnt mir krass durch die Finger
so à la »Einsamer nie«.

Mach ma Rilke. Mach ma Benn.
Mach ma voll einen auf Poesie!
Eine Zeile schreib, und noch eine.
Machn Sonett, mach ne Elegie.

Mach ma Rilke. Mach ma Benn.
Kannste ma beide beenden?
Schreib dich reich, gib dich aus,
brenn an beiden Enden.

Carl-Christian Elze

du hältst die angel in den fluss
seit dreißig jahrn. was treibt dich an?
das wasser, das du nicht durchschaust?
das wasserinnere, das flammt?

du willst verstehn, was da zieht:
ein fisch, ein gott, ein zeilenanfang?
holst es an land, wo es sich biegt
und dann zerfällt wie trockner sand.

du legst deinen mund drauf und es pappt
ein wenig an, das schöne ding.
hat plötzlich form und kein gewicht
schwebt vor dir her und du schwebst mit

vergisst die angst, die dich sonst hält
am ufer starr. hängst an der schnur
die jetzt vom himmel fällt.
verschluckst den haken. fühlst dich nah –

BUDDHA

SCHON von ferne fühlt der fremde scheue
Pilger, wie es golden von ihm träuft;
so als hätten Reiche voller Reue
ihre Heimlichkeiten aufgehäuft.

Aber näher kommend wird er irre
vor der Hoheit dieser Augenbraun:
denn das sind nicht ihre Trinkgeschirre
und die Ohrgehänge ihrer Fraun.

Wüßte einer denn zu sagen, welche
Dinge eingeschmolzen wurden, um
dieses Bild auf diesem Blumenkelche

aufzurichten: stummer, ruhiggelber
als ein goldenes und rundherum
auch den Raum berührend wie sich selber.

Jennifer Poehler

buddha

für den zauber um ihn, sanfte
sphäre wie das innere fell von licht. dem tiefgründigen
im stillen wasser: ich war nah dran alles aufzugeben –
sogar meine haare.

kind der sechziger. flower power, haschisch und henna
ich schlürfte mich durch teezeremonien, klimperte
silberfarbene ohrgehänge, aber schon zwanzig minuten lotussitz später:
wir hatten knie, die brannten, knie, in denen reiszwecken rumdrückten.
wirbel um wirbel die berge in mir werden zu steppen,

der san andreas graben läuft den globus ab, und ich selber
habe ein auge in mir das tickt.

was nutzt ein kompass wenn du zeitlupe
wirst, zeugin deiner impulse … vielleicht erkennst du, was den brillanten schein der ketten-
reaktionen brechen könnte, siehst, was ist koordinate, was krücke –
und immer noch humpelst du.
jetzt beginnen die verhandlungen. das kann jahre dauern –
mit oder ohne haare: seine aura ist wirklich kein klunker.

innen wie aussen: alles da, nur, welche alchemie
schmilzt so eine konsequenz zu gold, welche gegenwart
formt sich im zerstäubten terrain, und wann
berühren sich unsere hände wieder nach einem streit.

auf dem grund des teiches: schlamm.
tauch ein, fass die knollen; ihre rhizome fahren das augenlicht hoch,
und oben: schlicht, das juwel –
eine seerose, auf der wir blühn.

ORPHEUS. EURYDIKE. HERMES

DAS war der Seelen wunderliches Bergwerk.
Wie stille Silbererze gingen sie
als Adern durch sein Dunkel. Zwischen Wurzeln
entsprang das Blut, das fortgeht zu den Menschen,
und schwer wie Porphyr sah es aus im Dunkel.
Sonst war nichts Rotes.

Felsen waren da
und wesenlose Wälder. Brücken über Leeres
und jener große graue blinde Teich,
der über seinem fernen Grunde hing
wie Regenhimmel über einer Landschaft.
Und zwischen Wiesen, sanft und voller Langmut,
erschien des einen Weges blasser Streifen,
wie eine lange Bleiche hingelegt.

Und dieses einen Weges kamen sie.

Voran der schlanke Mann im blauen Mantel,
der stumm und ungeduldig vor sich aussah.
Ohne zu kauen fraß sein Schritt den Weg
in großen Bissen; seine Hände hingen
schwer und verschlossen aus dem Fall der Falten
und wußten nicht mehr von der leichten Leier,
die in die Linke eingewachsen war
wie Rosenranken in den Ast des Ölbaums.
Und seine Sinne waren wie entzweit:
indes der Blick ihm wie ein Hund vorauslief,
umkehrte, kam und immer wieder weit
und wartend an der nächsten Wendung stand, –
blieb sein Gehör wie ein Geruch zurück.
Manchmal erschien es ihm als reichte es
bis an das Gehen jener beiden andern,
die folgen sollten diesen ganzen Aufstieg.
Dann wieder wars nur seines Steigens Nachklang
und seines Mantels Wind was hinter ihm war.
Er aber sagte sich, sie kämen doch;
sagte es laut und hörte sich verhallen.
Sie kämen doch, nur wärens zwei
die furchtbar leise gingen. Dürfte er
sich einmal wenden (wäre das Zurückschaun

nicht die Zersetzung dieses ganzen Werkes,
das erst vollbracht wird), müßte er sie sehen,
die beiden Leisen, die ihm schweigend nachgehn:

Den Gott des Ganges und der weiten Botschaft,
die Reisehaube über hellen Augen,
den schlanken Stab hertragend vor dem Leibe
und flügelschlagend an den Fußgelenken;
und seiner linken Hand gegeben: *sie*.

Die So-geliebte, daß aus einer Leier
mehr Klage kam als je aus Klagefrauen;
daß eine Welt aus Klage ward, in der
alles noch einmal da war: Wald und Tal
und Weg und Ortschaft, Feld und Fluß und Tier;
und daß um diese Klage-Welt, ganz so
wie um die andre Erde, eine Sonne
und ein gestirnter stiller Himmel ging,
ein Klage-Himmel mit entstellten Sternen –:
Diese So-geliebte.

Sie aber ging an jenes Gottes Hand,
den Schritt beschränkt von langen Leichenbändern,
unsicher, sanft und ohne Ungeduld.
Sie war in sich, wie Eine hoher Hoffnung,
und dachte nicht des Mannes, der voranging,
und nicht des Weges, der ins Leben aufstieg.
Sie war in sich. Und ihr Gestorbensein
erfüllte sie wie Fülle.
Wie eine Frucht von Süßigkeit und Dunkel,
so war sie voll von ihrem großen Tode,
der also neu war, daß sie nichts begriff.

Sie war in einem neuen Mädchentum
und unberührbar; ihr Geschlecht war zu
wie eine junge Blume gegen Abend,
und ihre Hände waren der Vermählung
so sehr entwöhnt, daß selbst des leichten Gottes
unendlich leise, leitende Berührung
sie kränkte wie zu sehr Vertraulichkeit.

Sie war schon nicht mehr diese blonde Frau,
die in des Dichters Liedern manchmal anklang,
nicht mehr des breiten Bettes Duft und Eiland
und jenes Mannes Eigentum nicht mehr.

Sie war schon aufgelöst wie langes Haar
und hingegeben wie gefallner Regen
und ausgeteilt wie hundertfacher Vorrat.

Sie war schon Wurzel.

Und als plötzlich jäh
der Gott sie anhielt und mit Schmerz im Ausruf
die Worte sprach: Er hat sich umgewendet –,
begriff sie nichts und sagte leise: *Wer?*

Fern aber, dunkel vor dem klaren Ausgang,
stand irgend jemand, dessen Angesicht
nicht zu erkennen war. Er stand und sah,
wie auf dem Streifen eines Wiesenpfades
mit trauervollem Blick der Gott der Botschaft
sich schweigend wandte, der Gestalt zu folgen,
die schon zurückging dieses selben Weges,
den Schritt beschränkt von langen Leichenbändern,
unsicher, sanft und ohne Ungeduld.

Sirka Elspaß

Hermes:

die dunkelheit scheint nirgends
dunkler als an diesem ort ihr seid
nah am gestein und wege
gibt es doch ich bin
dem euren wege zeuge ob's wege gibt
kann brücke sein ich sehe
gehe vor *at some point in death*
everyone is looking for guidance dreh dich
nicht um es geht bergauf es geht
sehr weit was
seid ihr wahr und dreh dich nicht
was seid ihr
still die alte leier

wer den weg nicht gehen muss
weiß wie
ob's wirklich wege gibt ich laufe vor es geht der weg dreh
dich nicht um bergauf die alte leier *Sie war schon*

Wurzel. Und ihr Gestorbensein
erfüllte sie wie Fülle. was heißt begreifen hier
endet es hier geht der weg
nur noch zurück *Er hat sich umgewendet* –, begreift sie
nicht es ist schon dunkel die dunkelheit scheint
nirgends dunkler als auf diesem weg zurück nur
wer den weg nicht gehen muss weiß wie

Aus: **DER NEUEN GEDICHTE ANDERER TEIL**

ARCHAÏSCHER TORSO APOLLOS

WIR kannten nicht sein unerhörtes Haupt,
darin die Augenäpfel reiften. Aber
sein Torso glüht noch wie ein Kandelaber,
in dem sein Schauen, nur zurückgeschraubt,

sich hält und glänzt. Sonst könnte nicht der Bug
der Brust dich blenden, und im leisen Drehen
der Lenden könnte nicht ein Lächeln gehen
zu jener Mitte, die die Zeugung trug.

Sonst stünde dieser Stein entstellt und kurz
unter der Schultern durchsichtigem Sturz
und flimmerte nicht so wie Raubtierfelle;

und bräche nicht aus allen seinen Rändern
aus wie ein Stern: denn da ist keine Stelle,
die dich nicht sieht. Du mußt dein Leben ändern.

Dagmara Kraus

der gangwolf

wir wussten nichts von deinem haupt
nichts von dem erhabenen haupt. dein
ungeheures war uns unbekannt. der kopf
blieb uns verborgen. ein tor
-so nur & umbemannt
unbemannt umbenannt

wie etwas unbeschreibliches war er uns fremd
aus andrer zeit, die jacke auch, au'ungekämmt
wie wesenheit, geprägt von dieser irgend un
-nahbaren würde. verschlossen was
& unergründet

doch aura: JA!, schoss auf zu größe. ein quell
des lebens strahlte stark; verhalt, gleichwohl
& falsche gänze, erinnerten, antik fast
an apoll

sein sein, das haar das, haltung
mysterium war, was ihn erfüllte. wie unerwartet
kühlt uns och ein negativer kopf. entgingen kenntnis
haupt & geist – der art ich harrte
entzogen noch, am bahnhof gernsheim, herrn w
punkt soethes krollefeiner, blöndlich-
reiner, altersloser schopf

die kraft indes, die unermessliche
sie schien geheimnisvoll aus seiner brust zu wehn
ach zog uns an, sie wollte, dass vor den zwei
von drei madonnenfarben
& vor den vier der knopfesaugen wir, ihr zugedreht
bestehn

da sahn wir uns in abbildgier
erblickten nie das original – drum ahnung keine
von dem aug der seele. stattdessen räuspert sich
die gang-, die rattengraue
bahnkrawattenmahnerkehle

flicht adam ihr denn
s knotenworgen? es bahnt sich, menno, janüscht
an; schlicht *morgen!*, ruf ich – ennet:
ˈmɔʁgn̩
& glotze ins gigantenlicht

DIE ÄGYPTISCHE MARIA

SEIT sie damals, bettheiß, als die Hure
übern Jordan floh und, wie ein Grab
gebend, stark und unvermischt das pure
Herz der Ewigkeit zu trinken gab,

wuchs ihr frühes Hingegebensein
unaufhaltsam an zu solcher Größe,
daß sie endlich, wie die ewige Blöße
Aller, aus vergilbtem Elfenbein

dalag in der dürren Haare Schelfe.
Und ein Löwe kreiste; und ein Alter
rief ihn winkend an, daß er ihm helfe:

(und so gruben sie zu zwein.)

Und der Alte neigte sie hinein.
Und der Löwe, wie ein Wappenhalter,
saß dabei und hielt den Stein.

José F. A. Oliver

Maria aus Ägypten

ein sandloch würde sie einst retten, wie
vom durst das leibverwüsten & im tod.
die r:einheit t:rieb zurück in betten, die
M. wollust bedeuteten & not;

wo lieb & leib ihr widerw:orte kerbten,
auf ihre seelenhaut am nuttenbusen,
auf die vergänglichkeit, der stets enterbten,
folgt kommunion, die sakrosankteste der musen.

und grab & greis wurden legende;
ein wunder-frommer tier-instinkt
half mit – wie beim gebet der hände.

(so b:leibt, schier göttlich ausgewählt:)

ein löwe, religiös & zahm-erzählt.
und die vertöchterung erringt,
was corpus-pein und tod vermählt.

DER BLINDE
Paris

SIEH, er geht und unterbricht die Stadt,
die nicht ist auf seiner dunkeln Stelle,
wie ein dunkler Sprung durch eine helle
Tasse geht. Und wie auf einem Blatt

ist auf ihm der Widerschein der Dinge
aufgemalt; er nimmt ihn nicht hinein.
Nur sein Fühlen rührt sich, so als finge
es die Welt in kleinen Wellen ein:

eine Stille, einen Widerstand –,
und dann scheint er wartend wen zu wählen:
hingegeben hebt er seine Hand,
festlich fast, wie um sich zu vermählen.

Durs Grünbein

Vom Sehen

Ein Dankgebet, drei mal täglich wenigstens,
für die Gabe des Sehens. Beim Anblick
des Blinden im Botanischen Garten am Arm
seiner Frau, kam die Demut in Wellen zurück.

Wie muß das sein, wenn der Stromkreis
unterbrochen ist, die Stadt an der *dunkeln Stelle*,
wie Rilke sagt in seinem Pariser Gedicht?
Das Privileg, ohne Taststock zu gehen –

Grün zu sehen in allen Tönungen, von Licht
gesprenkelt Lianen, Bambus, Orchideen
und Seerosen, erst recht die gemalten (Monet).

Was denkt der Blinde (wer wagt ihn zu fragen)
in dieser Welt des Augenscheins? Anschauung
ist keine Randbedingung des Seins.

DIE FLAMINGOS
Jardin des Plantes, Paris

IN Spiegelbildern wie von Fragonard
ist doch von ihrem Weiß und ihrer Röte
nicht mehr gegeben, als dir einer böte,
wenn er von seiner Freundin sagt: sie war

noch sanft von Schlaf. Denn steigen sie ins Grüne
und stehn, auf rosa Stielen leicht gedreht,
beisammen, blühend, wie in einem Beet,
verführen sie verführender als Phryne

sich selber; bis sie ihres Auges Bleiche
hinhalsend bergen in der eignen Weiche,
in welcher Schwarz und Fruchtrot sich versteckt.

Auf einmal kreischt ein Neid durch die Volière;
sie aber haben sich erstaunt gestreckt
und schreiten einzeln ins Imaginäre.

Róža Domašcyna

Bei den Flamingos

Ins Imaginäre schreiten – wohin sonst –
auch Freund und Freundinnen von denen heute
man sagt: noch sanft und schläfrig sie weiß
und rot sind wie bei Fragonard

enthemmte Frauen sich im Spiegel schauen
des Wassers auch so die Flamingos
wo ihre Beine Stiele scheinen
im rosa Beet zum Hinsehen verführend

und doch sich selbst genug umhalsend
bis sie ermattet nah am Körper die Augen
betten im Schwarz und Fruchtrot gut geborgen

urplötzlich ein Gekreisch im Beet im Bett ein Neid
in der Volière macht sich Staunen breit
wo bis ins letzte sie sich strecken und dann gehen

ROSA HORTENSIE

WER nahm das Rosa an? Wer wußte auch,
daß es sich sammelte in diesen Dolden?
Wie Dinge unter Gold, die sich entgolden,
entröten sie sich sanft, wie im Gebrauch.

Daß sie für solches Rosa nichts verlangen.
Bleibt es für sie und lächelt aus der Luft?
Sind Engel da, es zärtlich zu empfangen,
wenn es vergeht, großmütig wie ein Duft?

Oder vielleicht auch geben sie es preis,
damit es nie erführe vom Verblühn.
Doch unter diesem Rosa hat ein Grün
gehorcht, das jetzt verwelkt und alles weiß.

Marion Poschmann

rosa Hortensie

es bleibt ein Hauch von Coronation Red,
Hot Pink und Purple. und wie abgeblättert
die Männerfaust, als sie sich plötzlich öffnet,

löst wie alter Putz von der Fassade.
es bleiben Druckstellen auf ihrem Arm
entlang der Purpurlinie, es bleibt

der hastig weggefegte Staub, die grauen
Ränder auf dem eingerollten Lappen
und was der Blütengrüße mehr sind.

beim Fernsehabend wanderndes Gefühl
von Mauve, wie wenn Erleichterung durch eine
Menschenmenge geht. es bleibt der Trost

synthetischer Colorationen, Glanz
von Violett im Haar, und auf dem Sofa
die ganzen Kissen in Fuchsin, Magenta.

Aus: **REQUIEM**
FÜR WOLF GRAF VON KALCKREUTH
Geschrieben am 4. und 5. November 1908 in Paris

Sah ich dich wirklich nie? Mir ist das Herz
so schwer von dir wie von zu schwerem Anfang,
den man hinausschiebt. Daß ich dich begänne
zu sagen, Toter der du bist; du gerne,
du leidenschaftlich Toter. War das so
erleichternd wie du meintest, oder war
das Nichtmehrleben doch noch weit vom Totsein?
Du wähntest, besser zu besitzen dort,
wo keiner Wert legt auf Besitz. Dir schien,
dort drüben wärst du innen in der Landschaft,
die wie ein Bild hier immer vor dir zuging,
und kämst von innen her in die Geliebte
und gingest hin durch alles, stark und schwingend.
O daß du nun die Täuschung nicht zu lang
nachtrügest deinem knabenhaften Irrtum.
Daß du, gelöst in einer Strömung Wehmut
und hingerissen, halb nur bei Bewußtsein,
in der Bewegung um die fernen Sterne
die Freude fändest, die du von hier fort
verlegt hast in das Totsein deiner Träume.
Wie nahe warst du, Lieber, hier an ihr.
Wie war sie hier zuhaus, die, die du meintest,
die ernste Freude deiner strengen Sehnsucht.
Wenn du, enttäuscht von Glücklichsein und Unglück,
dich in dich wühltest und mit einer Einsicht
mühsam heraufkamst, unter dem Gewicht
beinah zerbrechend deines dunkeln Fundes:
da trugst du sie, sie, die du nicht erkannt hast,
die Freude trugst du, deines kleinen Heilands
Last trugst du durch dein Blut und holtest über.

Was hast du nicht gewartet, daß die Schwere
ganz unerträglich wird: da schlägt sie um
und ist so schwer, weil sie so echt ist. Siehst du,
dies war vielleicht dein nächster Augenblick;
er rückte sich vielleicht vor deiner Tür
den Kranz im Haar zurecht, da du sie zuwarfst.
O dieser Schlag, wie geht er durch das Weltall,
wenn irgendwo vom harten scharfen Zugwind
der Ungeduld ein Offenes ins Schloß fällt.
Wer kann beschwören, daß nicht in der Erde
ein Sprung sich hinzieht durch gesunde Samen;
wer hat erforscht, ob in gezähmten Tieren
nicht eine Lust zu töten geilig aufzuckt,
wenn dieser Ruck ein Blitzlicht in ihr Hirn wirft.
Wer kennt den Einfluss, der von unserm Handeln
hinüberspringt in eine nahe Spitze,
und wer begleitet ihn, wo alles leitet?
Daß du zerstört hast. Daß man dies von dir
wird sagen müssen bis in alle Zeiten.
Und wenn ein Held bevorsteht, der den Sinn,
den wir für das Gesicht der Dinge nehmen,
wie eine Maske abreißt und uns rasend
Gesichter aufdeckt, deren Augen längst
uns lautlos durch verstellte Löcher anschaun:
dies ist Gesicht und wird sich nicht verwandeln:
daß du zerstört hast. Blöcke lagen da,
und in der Luft um sie war schon der Rhythmus
von einem Bauwerk, kaum mehr zu verhalten;
du gingst herum und sahst nicht ihre Ordnung,
einer verdeckte dir den andern; jeder
schien dir zu wurzeln, wenn du im Vorbeigehn
an ihm versuchtest, ohne rechtes Zutraun,
dass du ihn hübest. Und du hobst sie alle
in der Verzweiflung, aber nur, um sie

zurückzuschleudern in den klaffen Steinbruch,
in den sie, ausgedehnt von deinem Herzen,
nicht mehr hineingehn. Hätte eine Frau
die leichte Hand gelegt auf dieses Zornes
noch zarten Anfang; wäre einer, der
beschäftigt war, im Innersten beschäftigt,
dir still begegnet, da du stumm hinausgingst,
die Tat zu tun –; ja hätte nur dein Weg
vorbeigeführt an einer wachen Werkstatt,
wo Männer hämmern, wo der Tag sich schlicht
verwirklicht; wär in deinem vollen Blick
nur so viel Raum gewesen, daß das Abbild
von einem Käfer, der sich müht, hineinging,
du hättest jäh bei einem hellen Einsehn
die Schrift gelesen, deren Zeichen du
seit deiner Kindheit langsam in dich eingrubst,
von Zeit zu Zeit versuchend, ob ein Satz
dabei sich bilde: ach, er schien dir sinnlos.
Ich weiß; ich weiß: du lagst davor und griffst
die Rillen ab, wie man auf einem Grabstein
die Inschrift abfühlt. Was dir irgend licht
zu brennen schien, das hieltest du als Leuchte
vor diese Zeile; doch die Flamme losch
eh du begriffst, vielleicht von deinem Atem,
vielleicht vom Zittern deiner Hand; vielleicht
auch ganz von selbst, wie Flammen manchmal ausgehn.
Du lasest's nie. Wir aber wagen nicht,
zu lesen durch den Schmerz und aus der Ferne.

Nur den Gedichten sehn wir zu, die noch
über die Neigung deines Fühlens abwärts
die Worte tragen, die du wähltest. Nein,
nicht alle wähltest du; oft ward ein Anfang
dir auferlegt als Ganzes, den du nachsprachst
wie einen Auftrag. Und er schien dir traurig.

Ach hättest du ihn nie von dir gehört.
Dein Engel lautet jetzt noch und betont
denselben Wortlaut anders, und mir bricht
der Jubel aus bei seiner Art zu sagen,
der Jubel über dich: denn dies war dein:
Daß jedes Liebe wieder von dir abfiel,
daß du im Sehendwerden den Verzicht
erkannt hast und im Tode deinen Fortschritt.
Dieses war dein, du, Künstler; diese drei
offenen Formen. Sieh, hier ist der Ausguß
der ersten: Raum um dein Gefühl; und da
aus jener zweiten schlag ich dir das Anschaun
das nichts begehrt, des großen Künstlers Anschaun;
und in der dritten, die du selbst zu früh
zerbrochen hast, da kaum der erste Schuß
bebender Speise aus des Herzens Weißglut
hineinfuhr –, war ein Tod von guter Arbeit
vertieft gebildet, jener eigne Tod,
der uns so nötig hat, weil wir ihn leben,
und dem wir nirgends naher sind als hier.
  Dies alles war dein Gut und deine Freundschaft;
du hast es oft geahnt; dann aber hat
das Hohle jener Formen dich geschreckt,
du griffst hinein und schöpftest Leere und
beklagtest dich. – O alter Fluch der Dichter,
die sich beklagen, wo sie sagen sollten,
die immer urteiln über ihr Gefühl
statt es zu bilden; die noch immer meinen,
was traurig ist in ihnen oder froh,
das wüßten sie und dürftens im Gedicht
bedauern oder rühmen. Wie die Kranken
gebrauchen sie die Sprache voller Wehleid,
um zu beschreiben, wo es ihnen wehtut,
statt hart sich in die Worte zu verwandeln,

wie sich der Steinmetz einer Kathedrale
verbissen umsetzt in des Steines Gleichmut.
  Dies war die Rettung. Hättest du nur *ein* Mal
gesehn, wie Schicksal in die Verse eingeht
und nicht zurückkommt, wie es drinnen Bild wird
und nichts als Bild, nicht anders als ein Ahnherr,
der dir im Rahmen, wenn du manchmal aufsiehst,
zu gleichen scheint und wieder nicht zu gleichen –:
du hättest ausgeharrt.
                    Doch dies ist kleinlich,
zu denken, was nicht war. Auch ist ein Schein
von Vorwurf im Vergleich, der dich nicht trifft.
Das, was geschieht, hat einen solchen Vorsprung
vor unserm Meinen, daß wirs niemals einholn
und nie erfahren, wie es wirklich aussah.
  Sei nicht beschämt, wenn dich die Toten streifen,
die andern Toten, welche bis ans Ende
aushielten. (Was will Ende sagen?) Tausche
den Blick mit ihnen, ruhig, wie es Brauch ist,
und fürchte nicht, daß unser Trauern dich
seltsam belädt, so daß du ihnen auffällst.
Die großen Worte aus den Zeiten, da
Geschehn noch sichtbar war, sind nicht für uns.
Wer spricht von Siegen? Überstehn ist alles.

Bertram Reinecke

*Totenmesse**

Erblickten wir uns nimmer? Dein Gewicht
drückt nieder meines Lebens Puls: als wäre
dafür ein Übermaß an Kraft gefordert,
ist dies Beginnen ein Verhalt. Sprächst du
aus meinem Munde, Hingeschiedener;
wie lieb, welch Lust, ach, war dir Sterben! Nahm es
die Last dir – denn dies schwebte dir doch vor?
Ist Sterben anderes als Abtun nur
der Existenz? War dein Gedanke wohl
an jenem Ort zu *haben,* welcher nicht
der Habe achtet? Glaubtest dich dahinten
zu jener Gegend eingefügt, die gleich
Gemälden dich sonst außen vorließ? Eingehn
der Freundin wolltest aus der Mitte du,

* Deutsch-deutsche Übertragung: Bei geänderten Worten sollen der (nacherzählbare) Inhalt, ebenso die Versform und Bildebenen gehalten werden und auch der Ton des Originals soll anklingen.

Um nicht lediglich einen Verschiebebahnhof von Synonymen zu inszenieren, wird die Aufgabe streng gefasst: Selbst kleine Wörter wie Präpositionen oder Pronomen werden verändert, auch sprechende Silben, wie ent-, ver- oder ab- werden, wenn auch nur Zeile für Zeile bzw. Bild für Bild, ersetzt: Sonst müsste man einen Text beinahe ohne Pronomen oder Präpositionen verfassen. Verwandte Stämme können nicht komplett gemieden werden: Schon Pronomen geben ja dasselbe Wort in verschiedenen Kasus. (Auch in Übersetzungen haben ja Ausgangswort und Übersetzung mitunter eine etymologisch identische Quelle). Manches bleibt unübersetzbar (etwa »Herz« oder »Form«). Dabei wird ebenfalls der topologische Inhalt (etwa die Frage, wer handelt in Bezug auf wen wohin) vollständig umgebaut. Der Text tut also Ähnliches, wie das, was Rilke Kalkreuths Engel tun lässt, er: *»lautet jetzt noch und betont denselben Wortlaut anders«*. Es entsteht ein Text, der seinem Vorfahren *»zu gleichen scheint und wieder nicht zu gleichen«*. Er nimmt Rilkes damaligen dichterischen Anspruch, »vor dem Objekt« zu arbeiten, wörtlich.

auch schreiten, wo du schrittest, kraftvoll federnd.
Ach von solch Unbedachtheit einer Jugend
mag bald der Vorwurf der Verblendung abfalln!
Oh sei entbunden, nahezu von Sinnen
mit deinem Trauern fließe fort, zu kreisen
Bahnen ziehend mit den weiten Sonnen,
dass jenes Glück dich träfe, das zum Grab
des Sehnsuchtsbilds das Wollen dir verschob.
So dicht kam dir das Glück im Diesseits, Freund,
diesseits daheim, ach, was dir vorgeschwebt
bedachtes Glück des rigoros Begehrens.
Als dich ernüchtert Freudenflut und -fall
hast du im Ich gegraben um Erkenntnis,
schwerfällig hochzuhieven diese Last,
vom Schwarz, das du ergrubst, geborsten fast:
Und hast als Joch geschleppt, es, ungesehen
für dich, das Glück des winzigen Erlösers:
Ein schwerer Fährdienst in der Adern Flut.

Welch duldend Harren, damit jene Last
dich völlig niederdrücke – kehrt kopfüber,
bleibt dabei Last, bleibt gänzlich wahr. Denn schau,
der kommende Moment für dich womöglich,
im Tor womöglich seinen Kopfschmuck richtend
für dich, der in das Schloss stieß dessen Flügel.

Ach so ein Stoß erschüttert alle Sphären
sobald jemals durch kaltes steifes Stürmen
des rastlos Forderns jäh der Ausweg zuschlägt.
Vermags zu leugnen jemand: tief im Boden
da geht ein Riss, zerteilt die guten Saaten:
Kann einer prüfen, wie das brave Hausvieh
vielleicht in Mordgier lüstern sich entflammt
falls jener Sprung den Nerv ihm hell entzückt?

Ahnt einer was wir tun und wie die Spannung
vom Vor- zum nächsten Vorsprung weiter gleitet,
wenn nichts dies aufhält, gibt da jemand Halt?

Vernichtend war dein Tun. Verfolgen wird
dich dieser Ruf nun ewig, notgedrungen.
Sobald sich jener Heros nähert, welcher
die Larven aus Bedeutung hitzig fortzieht
die uns begegnen als all dieser Sachen
Antlitz, dass grell manch Antlitz kenntlich wird
das stumm aus zugebauten Höhlen stiert …
Das deine bleibt, unrevidierbar ewig:
Vernichtend war dein Tun. Es gab die Quader
auch klang im Wind bereits das Taktmaß mit
jenes Gebäudes, schwer schon bergbar längst
vor deinem blinden Irren ohne Plan
denn Quader lag vor Quader, alle glaubtest
du fest verwachsen, beim Abschreiten dich
erprobend, mit verzagtem Glauben, ob sie
für dich zu stemmen wären; doch zuletzt:
war es noch jeder, wenn auch hoffnungslos
der Stoß zum Minenschlunde führt, wo es,
da sie vom Lebenspuls gestreckt, an Raum
nun fehlt. Was wäre, wenn des Grolls fragilen
Beginn dezent weibliche Finger deckten,
wenn jemand, dessen Streben strebt vom Kern her
dich schweigend rührt, beim leisen Aufbruch zum
Vollzug?: Allein, wärst du zu Arbeitern
gelangt, in muntrer Halle, welche frisch
das Heute nüchtern schmieden. Hätte die
gefüllte Sicht noch etwas Platz allein
zu lenken dir den Blick auf irgendein
Insekt, wie es befasst ist! Plötzlich würde
sich jene Zeile, die allmählich ihre

Lettern von Jugend an dir eingeprägt,
erleuchten; dann und wann hast du probiert
das Ganze als Sentenz zu fassen: Oh
wie dunkel bliebs. Gewiss, gewiss. Als würde
am Denkmal einer niederknien tastend
nach den Gravuren, dass der Mahnspruch sich
entziffer deinem Finger. Welche Flamme
auch nur erreichbar war, dich dünkte jede
für jene Inschrift tauglich noch als Lampe –
das Licht erstarb, bevor sie sich erschloss;
der Hauch des Munds mag schuld sein, konntest dus nur
unruhig halten, oder dann und wann wohl
mag Licht verlöschen einfach. So ist nichts
entziffert. Uns jedoch im Leid fehlt Mut
fürs Buchstabieren über die Distanz.

Allein der Vers zeigt uns: zum Hang hinunter
zwang dich verstärkt die Lese der Begriffe.
Jedoch: Dir blieb oft gar nichts anderes übrig.
Manchmal bedrang dich der Beginn, sodass
zur Pflicht geriet ihn sagend zu vollenden.
Du fühltest bitter sie. Oh wäre nicht
dein Ruf je in dich eingegangen! Treu
spricht ein Seraph dir nach, setzt immerfort
Akzente neu, ich bin entzückt, wie er
phrasiert, und das Entzücken, es gilt dir,
weil jenes dir gehörte: Herzensmilde
blieb auf dich ohne Eindruck, ein Entsagen
ersah dein Blick darin, dass er sich schärfte,
ja selbst das Sterben war für dich Entwicklung.
Gehört hat *dir* die Trias der Kokillen
als Schöpfer; hart längst, schau, dies Stück gibt eine:
Für das Empfinden Platz; … ein Stoß von mir:
Die nächste barg für dich den Blick, der nie

verlangt, den starken Schöpferblick; die letzte
– von dir gelegt in Trümmer vor der Zeit
als hitzig hell die Schmelze deines Pulses
gerade in die Form schoss – : durchgestaltet
gründlich klug, dein ganz bestimmtes, dies Sterben,
das stets noch jedes Dasein braucht als Vorlauf:
berühren wird uns niemals etwas mehr.

Du hast damit verkehrt, was dir gehörte,
dir war dies häufig fühlbar, auch jedoch
war der Kokillen Leere dir entsetzlich,
ins Nichts fasst deine Hand, hob Nichts hinauf,
du barmtest. – Hergebrachtes Übel, ach
von Sängern: Barmen … statt zu sprechen, das
Erleben bloß bewerten, nicht Gestalt
ihm geben: Nur ein Standpunkt wird vertreten
dies sei beglückend, jenes drücke nieder
bekannt seis ihnen, so erlaubt in Versen
zu feiern und zu klagen. Als Patienten
vernutzt ihr Sagen sich zum Sermon, der
nur ausführt, welche Glieder schmerzen, was doch
gefestigt werden sollte durch Begriffe,
als wär das Selbst beharrlich durch den Bildner
des Doms gelassenen Blöcken eingeschaffen.

Erlösend wäre Dir der Blick darauf, dass
mitunter Wortgestalt ganz ohne Heimkehr
das Fatum annimmt, dort bleibt, eingezeichnet
nur Zeichnung, so wie die des Vorfahrn, welcher
vermeintlich nachahmt dich vom Leinwandviereck,
beim Hinschaun oft unähnlich ähnlich ist – :
Dies wär dir Bleibe …

nein, zu eng die Sicht:
auf Möglichkeiten sinnen, und zu Unrecht
schiebt dir dies Sinnbild eine Mitschuld zu.
Wie wir auch urteiln, schon hinaus darüber
ist längst des Daseins Wandel, unerreichbar
die wahre Ansicht davon, nicht zu wissen.

Verlegenheit bleib fern, wirst du berührt
von den Verstorbnen, jenen Fremden, die
es ganz zum Schluss durchstanden. (Heißt denn Schluss
so viel?) Gefasst schau in ihr Auge nach
der Sitte, ohne Angst, du trügest, weil wir
beweinen, fremde Last, die Dich heraushebt.
Des alten Äons Heldensprüche taten
wir ab, des äußerlichen Handels Schau.
Was heißt Erfolg? Durchhalten, darum geht es.

Ernest Wichner

Derselbe Wortlaut, anders

Alle schreiben Langgedichte, sitzen da
und schauen den sich selbst erzählenden
Gedichten zu, wie sie hinab sich neigen
zu den Wörtern, die für Konflikte auf-
gerufen wurden.

Nicht alle hatten Andere
gewählt, etwa ein kollektives Du, das
nimmermehr zurückfindet aus eigener
Kraft zum Anfang hin, dem ganzen Ich,
das stets entglitt; ach hättest du dir ein
solches niemals vorgestellt, aus keiner
Ferne je dazu etwas vernommen.

Nun
übersetzt du über die Zeitfalte hinweg
wie blind du warst, als du der Klarsicht
dich teilhaftig wähntest, den Tod
begrüßen wolltest als Erleichterung, als
Fortschritt gar, und sei er dies allein für
dich.

Hinweg mit all dem fliegenden Getier,
und seien die Züge noch so ikarisch, zer-
fetzt das Gefieder, die Schwingen ge-
brochen, augenlos das panisch, blutige
Geflatter, da aus der Herzen Weißglut,
von letzter Angst bewegt, das Bild
entsteht – der alte Fluch der Dichter?

*

Das große Geschwätz? Die großen Worte
von damals, da man als Blinder noch
meinen durfte, sehend zu sein, das Schick-
sal Stiefel trug, um einzugehn in Verse, worin
es sich verloren sah in seinem eigenen
Spiegelbild, nur dass es kopfstand, die Beine
in den schwarzen Schäften hochgereckt,
und nichts sich ändern ließ, auch wenn das
gerahmte Bild des Ahnherrn umgedreht
zeitweilig für Ruhe sorgte, als hätte in
bitterböser Zeit jemand ausgeharrt – du
hättest dies sein können, genauso gut
wie ich.

Doch ist dies kleinlich, zu denken,
was nicht war. Und alles Meinen und
Vergleichen bewahrt, in Form gebracht,
was hinter den Horizonten verschwindet:
Was einstmals Tauben-, Engelsflügel trug,
bewegt jetzt letzte Angst, und wer ist dies
Ich, das zuschaut, ungerührt, wo allein das
Gedicht noch gewahrt, wie entsetzlich lange
Überstehen dauert, die Niederlagen nicht
gerechnet.

Doch alle schreiben Langgedichte.*

* Darin Passagen aus Rilkes *Requiem für Wolf Graf von Kalckreuth* durchsetzt mit solchen aus Günter Kunerts *Unterwegs nach Utopia 1*

Aus: DIE AUFZEICHNUNGEN DES MALTE LAURIDS BRIGGE

11. September, Rue Toullier.

So, also hierher kommen die Leute, um zu leben, ich würde eher meinen, es stürbe sich hier. Ich bin ausgewesen. Ich habe gesehen: Hospitäler. Ich habe einen Menschen gesehen, welcher schwankte und umsank. Die Leute versammelten sich um ihn, das ersparte mir den Rest. Ich habe eine schwangere Frau gesehen. Sie schob sich schwer an einer hohen, warmen Mauer entlang, nach der sie manchmal tastete, wie um sich zu überzeugen, ob sie noch da sei. Ja, sie war noch da. Dahinter? Ich suchte auf meinem Plan: Maison d'Accouchement. Gut. Man wird sie entbinden – man kann das. Weiter, Rue Saint-Jacques, ein großes Gebäude mit einer Kuppel. Der Plan gab an Val-de-grâce, Hôpital militaire. Das brauchte ich eigentlich nicht zu wissen, aber es schadet nicht. Die Gasse begann von allen Seiten zu riechen. Es roch, soviel sich unterscheiden ließ, nach Jodoform, nach dem Fett von pommes frites, nach Angst. Alle Städte riechen im Sommer. Dann habe ich ein eigentümlich starblindes Haus gesehen, es war im Plan nicht zu finden, aber über der Tür stand noch ziemlich leserlich: Asyle de nuit. Neben dem Eingang waren die Preise. Ich habe sie gelesen. Es war nicht teuer.

Und sonst? ein Kind in einem stehenden Kinderwagen: es war dick, grünlich und hatte einen deutlichen Ausschlag auf der Stirn. Er heilte offenbar ab und tat nicht weh. Das Kind schlief, der Mund war offen, atmete Jodoform, pommes frites, Angst. Das war nun mal so. Die Hauptsache war, daß man lebte. Das war die Hauptsache.

Nancy Hünger

»Ich brauch keine Antworten auf meine Bücher«
(Rainer Maria Rilke an Lou Andreas-Salomé, 28.12.1911)

Ich war aus, mein Freund, in irgend Nacht und Dunkel schlich ich schmiegte mich durchs Dickicht namenloser Straßen, deckungsgleich mit den Fassaden, meine schönste Mimikry, ich triefte, schlierte, regnete hindurch, fast unsichtbar, mein Freund, wie alle, die vorübereilen, sah ich die Trinker durch die Kneipen schwemmen zahnlose Zirrhosen, Geschwüre, Eiter säuerten den Boden, es roch, soviel sich unterscheiden ließ, es stank, nach Jodoform, nach Fett, nach Angst aus ihren Wunden nässten Scherben, das Blut war gelb und floss in Blumen durch die Hähne: Asyle de nuit, die Bescheide wechselten stündlich über den Tresen, sie tranken die Armut auf Jahre im Voraus: Asyle de nuit, mein Freund, sie zapften ihre Seelen so viel Blut war nie so viele Tulpen, einer sank und eine fiel im Nischenlicht, im Dickicht der Fassaden, es stank, so viel sich unterscheiden ließ, gab es auch Kinder grünlich dick, mit Ausschlag, Eiterbeulen, die auf den Bürgersteigen spielten, Dosen kickten, Schimmel aus Containern klauten, mein Freund, die Kinder schliefen Schlick und Jauche, schliefen auf dem Bürgersteig und atmeten, die Münder offen für den Untergang der Fliegen, und atmeten die Angst – man wird sie entbinden, fördern, fordern, ihre Bescheide stündlich wechseln die Trinker im starblinden Haus ich sah ihre Mütter schoben sich schwer an den Männern entlang, das war nun mal so, das gab der Preis an – man wird sie entbinden – man kann das.

Ich hab mir meine Augenlider weggeschnitten, so lern ich besser, schneller an den Trinkern, Mädchen, Hunden, wenn ich durch die Straßen schleiche, leise, leise, nach den armen Leuten stelle, ihre Leere, Langweile, man soll nicht stören, wenn sie denken, keine Holzpantinen tragen, sie sind so schreckhaft wie die Frau, die du einst sahst, in Notreirgendwas, ich sah sie wieder und legte meine Schritte weg, erschreckst du sie, so hebt sie aus und ab, ihre Hände schlagen vors

Gesicht, zwei Schalen, die den Abguss halten, da klebt der Innenraum, das Negativ, das hohl nach oben blickt, zu einem bloßen, wunden Kopf, glaub nur Freund, ich fürchte mich, in den Händen dieser Frau liegt ihr Gesicht.

Ich stell ein neues Unten aus, mein Freund, ich schneide deinen Leierkasten, die Frau der Länge nach: von Zeit zu Zeit, das Kleine, auf den festen Beinen, ich schneide Haube, Korb und Sonntagskleid heraus und auch das Tamburin, den Tingeltangel ich streiche ganz Paris und frag den Hund beim Fensterangeln: Wo wollen wir hin, wenn wir verfinstern, mit unsren kleinen Augensicheln über die Gesichter winseln und wirklich niemand, niemand unter den Passanten finden kein Fleckchen Mensch zum Überwintern nur unsere kleine Finsternis hält uns noch in dieser Schwebe die Passanten drehen zum Fenster hoch: mein Hund, der fliegt, die Pappeln zwitschern. Ich komme nach, verzeih, ich lebe.

Kerstin Preiwuß

Маріуполь, від 24.02.2024р

SO, also hierher kommen die Leute, um zu leben, ich würde eher meinen, es stürbe sich hier.
Ich habe einen Menschen gesehen, welcher schwankte und umsank.
Ich habe
eine schwangere Frau gesehen. Sie schob sich schwer an einer
Mauer entlang, nach der sie manchmal tastete, wie um sich zu überzeugen, dass sie noch da sei.

Weiter, ein großes Gebäude
mit einer Kuppel.

Es roch, soviel sich unterscheiden

ließ, nach Angst. Dann habe ich ein eigentümlich starblindes Haus gesehen, über der Tür stand noch ziemlich leserlich: Дети. Neben dem Eingang waren die Preise. Ich habe sie gelesen. Es war nicht teuer.

Und sonst? Ein Kind in einem Bus

schlief, der Mund war offen, atmete

Angst. Das war nun mal so. Die Hauptsache war, daß man lebte. Das war die Hauptsache.

DASS ich es nicht lassen kann, zu schlafen.

Irgendwo klirrt eine Scheibe , ich höre ihre großen Scherben , die kleinen Splitter . Dann plötzlich dumpfer, eingeschlossener Lärm von der anderen Seite

Ein Mädchen kreischt:

Jemand ruft. Leute laufen, überholen sich. Ein Hund bellt. Was für eine Erleichterung: ein Hund. Gegen Morgen kräht sogar ein Hahn, und das ist Wohltun ohne Grenzen. Dann schlafe ich plötzlich ein.

DAS sind die Geräusche. Aber es gibt hier etwas, was furchtbarer ist: die Stille.

Alles steht und wartet

auf den schrecklichen Schlag. So ist hier die Stille.

Ich weiß nicht, woran es liegt,

Ich weiß nicht, was geschieht.

Ich habe heute einen Brief geschrieben,

Ich

will keinen Brief mehr schreiben. Wozu

an Leute, die mich
nicht kennen, kann ich unmöglich schreiben.

ich will meine Zeit ausnutzen.

Aber die Frau, die Frau: sie war ganz in sich hineingefallen, vornüber in ihre Hände.

Die Straße zog mir den Schritt unter
den Füßen weg
Die Frau erschrak und hob sich aus sich ab,
so daß das Gesicht in den zwei Händen blieb. Ich konnte es darin liegen sehen, seine hohle Form. Es kostete mich unbeschreibliche Anstrengung, bei diesen Händen zu bleiben und nicht zu schauen, was sich aus ihnen abgerissen hatte. Mir graute, ein Gesicht von innen zu sehen, aber ich fürchtete mich doch noch viel mehr vor dem bloßen wunden Kopf ohne Gesicht.

ICH fürchte mich.

so würde ich ge-
wiß sterben.
Man kann kaum die Fassade betrachten ohne
Gefahr,

Sterbende sind starrköpfig,

und ganz Маріуполь stockt,

Jetzt wird
gestorben.

Gott, das ist alles da.

Man stirbt, wie es
gerade kommt;

wo nun niemand mehr ist,

Aus: **DUINESER ELEGIEN**
AUS DEM BESITZ DER FÜRSTIN MARIE
VON THURN UND TAXIS-HOHENLOHE

DIE ERSTE ELEGIE

WER, wenn ich schriee, hörte mich denn aus der Engel
Ordnungen? und gesetzt selbst, es nähme
einer mich plötzlich ans Herz: ich verginge von seinem
stärkeren Dasein. Denn das Schöne ist nichts
als des Schrecklichen Anfang, den wir noch grade ertragen,
und wir bewundern es so, weil es gelassen verschmäht,
uns zu zerstören. Ein jeder Engel ist schrecklich.
Und so verhalt ich mich denn und verschlucke den Lockruf
dunkelen Schluchzens. Ach, wen vermögen
wir denn zu brauchen? Engel nicht, Menschen nicht,
und die findigen Tiere merken es schon,
daß wir nicht sehr verlässlich zu Haus sind
in der gedeuteten Welt. Es bleibt uns vielleicht
irgend ein Baum an dem Abhang, daß wir ihn täglich
wiedersähen; es bleibt uns die Straße von gestern
und das verzogene Treusein einer Gewohnheit,
der es bei uns gefiel, und so blieb sie und ging nicht.
O und die Nacht, die Nacht, wenn der Wind voller Weltraum
uns am Angesicht zehrt –, wem bliebe sie nicht, die ersehnte,
sanft enttäuschende, welche dem einzelnen Herzen
mühsam bevorsteht. Ist sie den Liebenden leichter?
Ach, sie verdecken sich nur mit einander ihr Los.
Weißt du's *noch* nicht? Wirf aus den Armen die Leere
zu den Räumen hinzu, die wir atmen; vielleicht daß die Vögel
die erweiterte Luft fühlen mit innigerm Flug.

Ja, die Frühlinge brauchten dich wohl. Es muteten manche
Sterne dir zu, daß du sie spürtest. Es hob
sich eine Woge heran im Vergangenen, oder
da du vorüberkamst am geöffneten Fenster,
gab eine Geige sich hin. Das alles war Auftrag.
Aber bewältigtest du's? Warst du nicht immer
noch von Erwartung zerstreut, als kündigte alles
eine Geliebte dir an? (Wo willst du sie bergen,
da doch die großen fremden Gedanken bei dir
aus und ein gehn und öfters bleiben bei Nacht.)
Sehnt es dich aber, so singe die Liebenden; lange
noch nicht unsterblich genug ist ihr berühmtes Gefühl.
Jene, du neidest sie fast, Verlassenen, die du
so viel liebender fandst als die Gestillten. Beginn
immer von neuem die nie zu erreichende Preisung;
denk: es erhält sich der Held, selbst der Untergang war ihm
nur ein Vorwand, zu sein: seine letzte Geburt.
Aber die Liebenden nimmt die erschöpfte Natur
in sich zurück, als wären nicht zweimal die Kräfte,
dieses zu leisten. Hast du der Gaspara Stampa
denn genügend gedacht, daß irgend ein Mädchen,
dem der Geliebte entging, am gesteigerten Beispiel
dieser Liebenden fühlt: daß ich würde wie sie?
Sollen nicht endlich uns diese ältesten Schmerzen
fruchtbarer werden? Ist es nicht Zeit, daß wir liebend
uns vom Geliebten befrein und es bebend bestehn:
wie der Pfeil die Sehne besteht, um gesammelt im Absprung
mehr zu sein als er selbst. Denn Bleiben ist nirgends.

Stimmen, Stimmen. Höre, mein Herz, wie sonst nur
Heilige hörten: daß sie der riesige Ruf
aufhob vom Boden; sie aber knieten,
Unmögliche, weiter und achtetens nicht:
So waren sie hörend. Nicht, daß du *Gottes* ertrügest

die Stimme, bei weitem. Aber das Wehende höre,
die ununterbrochene Nachricht, die aus Stille sich bildet.
Es rauscht jetzt von jenen jungen Toten zu dir.
Wo immer du eintratest, redete nicht in Kirchen
zu Rom und Neapel ruhig ihr Schicksal dich an?
Oder es trug eine Inschrift sich erhaben dir auf,
wie neulich die Tafel in Santa Maria Formosa.
Was sie mir wollen? leise soll ich des Unrechts
Anschein abtun, der ihrer Geister
reine Bewegung manchmal ein wenig behindert.

Freilich ist es seltsam, die Erde nicht mehr zu bewohnen,
kaum erlernte Gebräuche nicht mehr zu üben,
Rosen, und andern eigens versprechenden Dingen
nicht die Bedeutung menschlicher Zukunft zu geben;
das, was man war in unendlich ängstlichen Händen,
nicht mehr zu sein, und selbst den eigenen Namen
wegzulassen wie ein zerbrochenes Spielzeug.
Seltsam, die Wünsche nicht weiterzuwünschen. Seltsam,
alles, was sich bezog, so lose im Raume
flattern zu sehen. Und das Totsein ist mühsam
und voller Nachholn, daß man allmählich ein wenig
Ewigkeit spürt. – Aber Lebendige machen
alle den Fehler, daß sie zu stark unterscheiden.
Engel (sagt man) wüßten oft nicht, ob sie unter
Lebenden gehn oder Toten. Die ewige Strömung
reißt durch beide Bereiche alle Alter
immer mit sich und übertönt sie in beiden.

Schließlich brauchen sie uns nicht mehr, die Früheentrückten,
man entwöhnt sich des Irdischen sanft, wie man den Brüsten
milde der Mutter entwächst. Aber wir, die so große
Geheimnisse brauchen, denen aus Trauer so oft
seliger Fortschritt entspringt – : *könnten* wir sein ohne sie?

Ist die Sage umsonst, daß einst in der Klage um Linos
wagende erste Musik dürre Erstarrung durchdrang;
daß erst im erschrockenen Raum, dem ein beinah göttlicher Jüngling
plötzlich für immer enttrat, das Leere in jene
Schwingung geriet, die uns jetzt hinreißt und tröstet und hilft.

Kurt Drawert

Die erste Überschreibung (der ersten Elegie)

Wer, wenn ich weiterhin schriebe, kaufte mich noch
in der Bücherwelt Ordnungen? Und wenn einmal doch,
es nähme ein lesender Engel mich wahr und griffe so tief
ins Portemonnaie: ich verstummte vor seiner zu großen Erwartung.

Denn jeder Satz ist nichts als des Schweigens schrecklicher Anfang,
den wir noch gerade verstehen, und wir lesen ihn noch,
weil er gelassen sein Ende verleugnet, die Leere der Wörter.
Die Engel der Bücher aber sind grausam. Und so beherrsche ich mich

und erliege nicht der Versuchung, noch mehr zu schreiben. Aber ach,
was könnte uns trösten, wenn nicht ein Buch? Der Prediger nicht,
nicht der Therapeut, und die lesenden Wesen finden erneut,
dass wir nicht Herr im Haus der beschrifteten Welt sind.

Vielleicht bleibt noch ein Baum in der Lichtung, oder ein Haken
so fest in der Wand, dass er hält, was der Katalog uns verspricht.
Oder wir schreiben immer so weiter aus stumpfer Gewohnheit,
und es kommen die Engel und bleiben und verschwinden nicht.

O und die Nacht wie Druckerschwärze schwarz, wenn arbiträr
vom Weltraum her das Echo unsrer Fragen ins Dunkel dieser Stunde
fällt, so wie nicht abgeholt und doch bestellt. Bleibt immer noch,
wenn der Tod uns droht, die Fahne weiß am Fenster weht,

die Bücher im Regal zu ordnen, nach Größe, Farbe, Alphabet.
O und die Nacht, wenn der Monitor leuchtet und die Schnittstelle
zum Endgerät glüht: dann blüht dem Papier der schnelle Verfall.
Und zu uns Schlafenden herab steigen die Avatare, aus dem All.

Uta Gosmann

Die erste Elegie (der Dichter sinnt nach)

Noch auf Erden rief ich dich ängstlich, zornig an, fragte fordernd,
ob wer mich hören kann aus deinen Engelssphären,

ob wer sich scherte um das sogenannte Leid, verzweifelte
zugleich an meinem Zögern, meinem Zaudern,

fand gar, das Schöne sei nichts, und hier zitiere ich mich,
als des Schrecklichen Anfang. Ich brauchte dich

und vermochte doch nicht dich zu brauchen; ich fürchtete
dein starkes Sein, denn wer wäre ich, wenn du

mir antwortetest, was würde aus mir, wenn du mir offenbartest
deine Macht? Ich wartete eine Antwort nicht ab,

hielt mich an Alltäglichem fest, dem Baum am Abhang,
der Straße von gestern, der trägen Gewohnheit.

Die Nacht nur wagte ich zu ersehnen, die treue, obwohl ich
auch in ihr zu vergehen meinte, ihr Wind voller Weltraum

erbleichte mein Gesicht. Und keine Liebende schützte mich.
Leere hielt ich in Armen, warf sie den Räumen zu,

um die Luft, die wir atmeten, zu erweitern
und den Vögeln zu verhelfen zu innigerem Flug.

Sterne muteten mir zu, dass ich sie spürte, eine Woge
des Vergangenen, die Töne einer Geige

aus offenem Fenster: Diese zu fühlen war mir aufgetragen.
An ihrer Stelle aber ersehnte ich die Geliebte,

für die ja doch kein Platz war in der Nacht bei all den großen
fremden Gedanken. Unter Liebenden waren mir

die Verlassenen die liebsten, die Helden, deren Untergang
ihr Anlass ist zu neuer Geburt, die anders

als die Gestillten nicht wehrlos verschmelzen mit der Natur.
Wie Gaspara Stampa wollte ich aus der Liebe schöpfen,

um mich liebend vom Geliebten zu befreien; wie ein Pfeil
von der Sehne, dem sie, um mehr zu sein, die Spannung

zum Absprung verleiht. Schnellen, schnellen wie ein Pfeil —
denn Bleiben ist nirgends.

Stimmen, Stimmen wollte ich hören, die das Schreien übertönen,
wie Heilige hören, am Boden knien, das Ohr

nur in die Stille senken, wie du das Wehende vernehmen,
die Nachricht, die nur aus Stille entsteht. Die Nachricht

der jungen Toten vielleicht, die mich in Kirchen zu Rom und Neapel
beinah erreichte, mir das Unrecht flüsterte, das ihnen

geschehen war, damit ihre Last, mir aufgegeben, sie erleichterte
und ihre Geister in reine Bewegung kamen.

Seltsam ist es, die Erde nicht mehr zu bewohnen, den Namen
wegzulassen, die Wünsche zu vergessen;

das, was zusammenhing, es flattert so lose im Raum.
Nie waren wir ganz zu Hause in der Welt.

Und manches Mal vergesse ich nun, wo ich weile, kann wie du
nicht unterscheiden, ob unter Lebenden oder Toten,

denn die Strömung, mit der wir fließen, fließt in beiden
und übertönt sie mit ihrem Schweigen —

Brauchen sie uns noch, die Lebenden, ersehnen sie noch
unser Geheimnis? Der Mutter entwachsen,

erstarren sie in Trauer? Wissen sie, dass aus Trauer
eine Melodie entstehen kann? Wer erinnert sie

an Linos, dessen Totenstarre eine erste Musik durchdrang?
Und wer sagt ihnen, wenn die Musik erklingt,

dass du es bist, mein Engel, der den Raum betreten hast
und seine Leere in Schwingung bringst?

Christian Uetz

Erste Elegie

Niemand, wenn ich schriee, hörte mich aus der Engel Ordnungen. Aber wenn ich schweige, höre ich dich in Gedanken und sprichst du und setzt in Gesprächen uns zu. Und Gesetz selbst, dass du dich ans Herz legst, vergehe ich von deinem stärkeren Dasein und gehe, brennendes Nichtsein, ungehalten in dir auf. Denn das Schöne ist nichts wie des Schrecklichen Anfang ins im beendeten Entsetzen unerträglich Wunderbare, das, mit Abscheu verschmäht, mit Abscheu verschmäht, uns gelassen statt leidenschaftlich zu entflammen. Ein jeder Engel brennt ohne zu brennen. Und so verhalte ich mich denn und der verschluckte Lockruf haucht dich hymnisch und traurig wieder aus und ein und aus. Ach. Hörend vermöchten wir es, Engel nicht zu brauchen, aber atmend wahrzunehmen, Menschen auch, und die findigen Tiere merken es schon, dass wir nicht sehr verlässlich zu Hause sind in der gedeuteten Welt, vielmehr in anderer, deutungsloser, dahin verlassen uns hungert. Drum findest du Verlassene so viel liebender. Drum befreien die im Absprung in ihren Schmerz mehr zu sein Glaubenden sich liebend von Geliebten, um in die Hoffnung verrückt in der Sehnsucht sich zu finden und nirgends zu sehen. Denn im Nirgends ist Bleiben. Stimmt. Stimmt. Höre mein Herz, wie nur im Hören das Heilige, das sich nicht erträgt. Da blüht uns die Zukunft, wo das Totsein lebendig, wo im Nichtsein unser Dasein und schöner die Tage, wo heller der Vögel Gesang und niemand uns zärtlich empfängt. Und voll süssesten Nachholns spürt plötzlich allmähliche Ewigkeit das Mühsame, weglos ein wenig, in vertrautester Fremde, in Blitzen sich erhellender Nacht. Davon anders erwachend, heiter unter Sternen hingegeben, in zu höllischer Falschheit vergiftet verdrängter Sprache harrend wir sterben, im offenen, im nackten, im schweigend sprechenden Seelraum, dessen Fehlen uns jetzt, oh in Schwingung geratene Leere, so hinreisst und tröstet und hilft.

Heinrich Detering

Der Anfang des Schreckens

Dies alles ist der Fall.

Ich schreie nicht. *Ich könnte schreien.* Ich nehme Ordnungen der Engel an. Ich nehme an, ihr Dasein sei stark. Ich nehme an, sie seien schön. *Ich setze voraus, dass mit dem Schönen das Schreckliche beginnt.* Niemand von ihnen würde mich hören, sollte ich doch schreien. *Ich setze voraus, dass mein Dasein schwach ist.* Wäre es möglich, dass mich ein einziger doch hören könnte? *Ich frage nur. Rhetorische Frage.* Da sie schrecklich sind, könnten sie mich zerstören. *Ich spreche von uns.* Sie würden mich nicht zerstören, hörten sie meinen Schrei. Ich wäre ihnen gleichgültig. *Ich spreche von uns.* Sie würden mich ja aber gar nicht hören. Sie würden mich also in keinem Fall zerstören. Darum schreie ich nicht. *Ich könnte schreien. Es würde keinen Unterschied machen.*

Ich schluchze auch nicht. *Ich könnte schluchzen.* Es wäre ein Versuch, die Engel zu locken. *Sie lassen sich aber nicht locken.* Das Schluchzen wäre dunkel. *Ich setze voraus, dass sie hell sind. Ich setze voraus, dass sie nicht weinen.* Ich schlucke das Schluchzen herunter. Ich nehme Ordnungen der Engel an, Ordnungen der Menschen, der Tiere. Niemand von ihnen würde mich hören. *Ich spreche von uns.* Könnte ich eines von ihnen gebrauchen? *Rhetorische Frage.* Von den Engeln habe ich gesprochen. *Ich komme darauf zurück.* Von den Menschen spreche ich jetzt nicht. *Aber ich spreche ja von uns. Ich komme darauf zurück.* Nur von den Tieren spreche ich jetzt. Ich setze voraus, dass sie findig sind. *Ich komme darauf zurück.* Ich setze weiterhin voraus, dass ich die Welt nicht deuten kann. Sie bemerken das. *Ich spreche immer von uns.* Nicht die Engel und nicht die Tiere würden mich hören, sollte ich schreien oder schluchzen. *Ich schreie nicht. Ich schluchze nicht. Ich spreche immer von uns.* Es gibt Pflanzen. *Ich denke an den Baum am Abhang, den ich jeden Tag sehe.* Es gibt Straßen. *Ich denke an eine, auf der ich gestern ging.* Es gibt Gewohnheiten, die wie fremde Wesen sind. *Ich spreche von uns.*

Würden sie mich hören, sollte ich schreien oder schluchzen? *Nicht gestellte Frage.*

Es gibt auch die Nacht. *Ich könnte trotzdem sehen.* Mich verlangt nach der Nacht. *Ich spreche von uns. Ich verschlucke ein Schluchzen.* In der Nacht ist es, als fräße der Nachtwind meine Augen. Auch ist es, als wäre im Nachtwind der Weltraum. Die Nacht steht mir den Tag hindurch bevor. Es ist mühsam. *Ich spreche von mir.* Die Nacht enttäuscht mich. Sie ist sanft, aber sie enttäuscht mich. Geht es jemandem anders als mir? *Rhetorische Frage.* Ich setze voraus, es gäbe zwei Liebende. *Ich spreche nicht von mir.* Gäbe es sie, dann ginge es ihnen wie mir. Es wäre ihr Schicksal. *Ich setze ein Schicksal voraus.* Sie würden es, sollte es sie geben, nur miteinander verdecken. *Ich spreche nicht von mir. Ich kann nichts verdecken. Ich verschlucke ein Schluchzen. Ich schreie nicht.*

Dies alles ist der Fall. Es ist nur innen der Fall. Was der Fall ist, ist innen. Was außen ist, sehen nur die Tiere.

Ja, von den Tieren spreche ich. *Ich komme jetzt darauf zurück.* Sie sind findig. Sie bemerken, dass ich die Welt nicht deuten kann. Sie sehen, was außen ist. Ich sehe nur ihr Gesicht. Ich bin innen. Ich bin tief im Firn. *Ich spreche noch immer von uns.* Sie bemerken, dass hier alles Abstand ist. *Aber das Außen schwindet. Außen schwindet der Abstand.* Sie sind wachsam und warm.

Ein Mensch, hinausgeworfen in die Wüste, *under this red rock*, unter den wilden Tieren, vierzig Tage in Erwartung der Engel. *Three angels up above this red rock.*

Dies alles ist innen. Innen ist der Schoß. Dort sind die Tiere. Dort bleiben sie.

Schrecklich sind die Schönen, die mich nicht hören. Warm sind die Tiere, deren Gesicht ich sehe. Zäh sind die Gewohnheiten. *Ich spreche. Ich spreche von mir.* Dies alles ist der Fall.

Ich sage nichts. Ich bin kein Engel. Ich spreche für keinen. Wer spräche für mich? *Rhetorische Frage.* Ich habe nicht geschrien. Ich habe nicht geweint. Ich schreie nicht. Ich will nichts gesagt haben. Ich habe nichts gesagt.

Hendrik Jackson

Hall, halluzinös

wer, wenn ich riefe

wer, wer rief denn *(wen?)* wer lief im Schlaf zu mir: *schwer* durch den
Schleier
des Aufwachens, Einschlafens: Krach, wie ein Wachtraum, Welt-
en verwischen, *levitate!*
es dreht sich alles. dreht immer freier
die gleißende Hitze am Mittag, inert im Immensen, grell.
also nickte ich kurz ein? vor der Wand, schleierlos aber bemoost …

Trümmertier, Kataraktaumler, Chiromantia Chelidonium
Chabernack
plackend schwerfällig, umbrummende Flügel, wie es im Kopf tost.
die Erde bewohnen, sie aufzuzählen. ulkiges Klopfen – s' zwackt?

Listen, listen: Akustik & Alleen – *wirklich?* tagein, tagaus, was war denn?
(dem Gram den Garaus machen, ach, aber Mahr der Marginalien)

DIE VIERTE ELEGIE

O BÄUME Lebens, o wann winterlich?
Wir sind nicht einig. Sind nicht wie die Zug-
vögel verständigt. Überholt und spät,
so drängen wir uns plötzlich Winden auf
und fallen ein auf teilnahmslosen Teich.
Blühn und verdorrn ist uns zugleich bewußt.
Und irgendwo gehn Löwen noch und wissen,
solang sie herrlich sind, von keiner Ohnmacht.

Uns aber, wo wir Eines meinen, ganz,
ist schon des andern Aufwand fühlbar. Feindschaft
ist uns das Nächste. Treten Liebende
nicht immerfort an Ränder, eins im andern,
die sich versprachen Weite, Jagd und Heimat.
Da wird für eines Augenblickes Zeichnung
ein Grund von Gegenteil bereitet, mühsam,
daß wir sie sähen; denn man ist sehr deutlich
mit uns. Wir kennen den Kontur
des Fühlens nicht: nur, was ihn formt von außen.
Wer saß nicht bang vor seines Herzens Vorhang?
Der schlug sich auf: die Szenerie war Abschied.
Leicht zu verstehen. Der bekannte Garten,
und schwankte leise: dann erst kam der Tänzer.
Nicht *der*. Genug! Und wenn er auch so leicht tut,
er ist verkleidet und er wird ein Bürger
und geht durch seine Küche in die Wohnung.
Ich will nicht diese halbgefüllten Masken,
lieber die Puppe. Die ist voll. Ich will
den Balg aushalten und den Draht und ihr
Gesicht aus Aussehn. Hier. Ich bin davor.
Wenn auch die Lampen ausgehn, wenn mir auch
gesagt wird: Nichts mehr –, wenn auch von der Bühne

das Leere herkommt mit dem grauen Luftzug,
wenn auch von meinen stillen Vorfahrn keiner
mehr mit mir dasitzt, keine Frau, sogar
der Knabe nicht mehr mit dem braunen Schielaug:
Ich bleibe dennoch. Es giebt immer Zuschaun.

Hab ich nicht recht? Du, der um mich so bitter
das Leben schmeckte, meines kostend, Vater,
den ersten trüben Aufguß meines Müssens,
da ich heranwuchs, immer wieder kostend
und, mit dem Nachgeschmack so fremder Zukunft
beschäftigt, prüftest mein beschlagnes Aufschaun, –
der du, mein Vater, seit du tot bist, oft
in meiner Hoffnung, innen in mir, Angst hast,
und Gleichmut, wie ihn Tote haben, Reiche
von Gleichmut, aufgiebst für mein bißchen Schicksal,
hab ich nicht recht? Und ihr, hab ich nicht recht,
die ihr mich liebtet für den kleinen Anfang
Liebe zu euch, von dem ich immer abkam,
weil mir der Raum in eurem Angesicht,
da ich ihn liebte, überging in Weltraum,
in dem ihr nicht mehr wart …: wenn mir zumut ist,
zu warten vor der Puppenbühne, nein,
so völlig hinzuschaun, daß, um mein Schauen
am Ende aufzuwiegen, dort als Spieler
ein Engel hinmuß, der die Bälge hochreißt.
Engel und Puppe: dann ist endlich Schauspiel.
Dann kommt zusammen, was wir immerfort
entzwein, indem wir da sind. Dann entsteht
aus unsern Jahreszeiten erst der Umkreis
des ganzen Wandelns. Über uns hinüber
spielt dann der Engel. Sieh, die Sterbenden,
sollten sie nicht vermuten, wie voll Vorwand
das alles ist, was wir hier leisten. Alles

ist nicht es selbst. O Stunden in der Kindheit,
da hinter den Figuren mehr als nur
Vergangnes war und vor uns nicht die Zukunft.
Wir wuchsen freilich und wir drängten manchmal,
bald groß zu werden, denen halb zulieb,
die andres nicht mehr hatten, als das Großsein.
Und waren doch, in unserem Alleingehn,
mit Dauerndem vergnügt und standen da
im Zwischenraume zwischen Welt und Spielzeug,
an einer Stelle, die seit Anbeginn
gegründet war für einen reinen Vorgang.

Wer zeigt ein Kind, so wie es steht? Wer stellt
es ins Gestirn und giebt das Maß des Abstands
ihm in die Hand? Wer macht den Kindertod
aus grauem Brot, das hart wird, – oder läßt
ihn drin im runden Mund, so wie den Gröps
von einem schönen Apfel? ...... Mörder sind
leicht einzusehen. Aber dies: den Tod,
den ganzen Tod, noch *vor* dem Leben so
sanft zu enthalten und nicht bös zu sein,
ist unbeschreiblich.

Michael Krüger

Eine kurze Antwort auf die vierte Elegie

Ich kannte das Kind noch, Dichter, ich sah es
spielen in den Ruinen der kaputten Stadt Berlin
mit seiner Puppe aus Stoff, aus der sich ein Schwall
graues Rosshaar erbrach. Das war nach dem Krieg,
dem zweiten, versteht sich, die Schulen des Abseits
waren noch geschlossen, und von einer Zukunft
wollte so keiner recht reden, man war schon froh,

wenn die Zeiger der eigenen Uhr vorwärts tappten
im Kreis. Des Herzens Vorhang, wie du es nennst,
war gefallen, der Stoff wurde anderweitig gebraucht,
und das Herz lag bloss, jeder, der sich traute,
durfte es berühren. Etwas Neues sollte beginnen,
um die Macht und Majestät des Nichtigen zu brechen,
aber man vergass, wovon du ständig sprichst:
die Engel und überliess die Auseinandersetzung
mit dem Himmel den Spatzen. Ohne Engel, du weisst es,
verliert ein Mensch Gesicht und Geschichte,
da waren auch die Dichter machtlos, die unbeirrbar
an ihnen festhielten, gut getarnt unter den grauen Kutten
der Vernunft. Das Kind ist jetzt alt, bald wird es tot sein,
aber du, Dichter, bist ja unsterblich, und wo du eines meinst,
ist schon das andere fühlbar, das kommen wird.

DIE FÜNFTE ELEGIE

Frau Hertha Koenig zugeeignet

WER aber *sind* sie, sag mir, die Fahrenden, diese ein wenig
Flüchtigern noch als wir selbst, die dringend von früh an
wringt ein *wem, wem* zu Liebe
niemals zufriedener Wille? Sondern er wringt sie,
biegt sie, schlingt sie und schwingt sie,
wirft sie und fängt sie zurück; wie aus geölter,
glatterer Luft kommen sie nieder
auf dem verzehrten, von ihrem ewigen
Aufsprung dünneren Teppich, diesem verlorenen
Teppich im Weltall.
Aufgelegt wie ein Pflaster, als hätte der Vorstadt-
Himmel der Erde dort wehe getan.

Und kaum dort,
aufrecht, da und gezeigt: des Dastehns
großer Anfangsbuchstab …, schon auch, die stärksten
Männer, rollt sie wieder, zum Scherz, der immer
kommende Griff, wie August der Starke bei Tisch
einen zinnenen Teller.

Ach und um diese
Mitte, die Rose des Zuschauns:
blüht und entblättert. Um diesen
Stampfer, den Stempel, den von dem eignen
blühenden Staub getroffnen, zur Scheinfrucht
wieder der Unlust befruchteten, ihrer
niemals bewußten, – glänzend mit dünnster
Oberfläche leicht scheinlächelnden Unlust.

Da: der welke, faltige Stemmer,
der alte, der nur noch trommelt,
eingegangen in seiner gewaltigen Haut, als hätte sie früher
zwei Männer enthalten, und einer
läge nun schon auf dem Kirchhof, und er überlebte den andern,
taub und manchmal ein wenig
wirr, in der verwitweten Haut.

Aber der junge, der Mann, als wär er der Sohn eines Nackens
und einer Nonne: prall und strammig erfüllt
mit Muskeln und Einfalt.

Oh ihr,
die ein Leid, das noch klein war,
einst als Spielzeug bekam, in einer seiner
langen Genesungen …

Du, der mit dem Aufschlag,
wie nur Früchte ihn kennen, unreif,
täglich hundertmal abfällt vom Baum der gemeinsam
erbauten Bewegung (der, rascher als Wasser, in wenig
Minuten Lenz, Sommer und Herbst hat) –
abfällt und anprallt ans Grab:
manchmal, in halber Pause, will dir ein liebes
Antlitz entstehn hinüber zu deiner selten
zärtlichen Mutter; doch an deinen Körper verliert sich,
der es flächig verbraucht, das schüchtern
kaum versuchte Gesicht … Und wieder
klatscht der Mann in die Hand zu dem Ansprung, und eh dir
jemals ein Schmerz deutlicher wird in der Nähe des immer
trabenden Herzens, kommt das Brennen der Fußsohln
ihm, seinem Ursprung, zuvor mit ein paar dir
rasch in die Augen gejagten leiblichen Tränen.
Und dennoch, blindlings,
das Lächeln ….

Engel! o nimms, pflücks, das kleinblütige Heilkraut.
Schaff eine Vase, verwahrs! Stells unter jene, uns *noch* nicht
offenen Freuden; in lieblicher Urne
rühms mit blumiger schwungiger Aufschrift: >*Subrisio Saltat.*<.
Du dann, Liebliche,
du, von den reizendsten Freuden
stumm Übersprungne. Vielleicht sind
deine Fransen glücklich für dich –,
oder über den jungen
prallen Brüsten die grüne metallene Seide
fühlt sich unendlich verwöhnt und entbehrt nichts.
Du,
immerfort anders auf alle des Gleichgewichts schwankende Waagen
hingelegte Marktfrucht des Gleichmuts,
öffentlich unter den Schultern.

Wo, o *wo* ist der Ort – ich trag ihn im Herzen –,
wo sie noch lange nicht *konnten*, noch von einander
abfieln, wie sich bespringende, nicht recht
paarige Tiere; –
wo die Gewichte noch schwer sind;
wo noch von ihren vergeblich
wirbelnden Stäben die Teller
torkeln ....

Und plötzlich in diesem mühsamen Nirgends, plötzlich
die unsägliche Stelle, wo sich das reine Zuwenig
unbegreiflich verwandelt –, umspringt
in jenes leere Zuviel.
Wo die vielstellige Rechnung
zahlenlos aufgeht.

Plätze, o Platz in Paris, unendlicher Schauplatz,
wo die Modistin, *Madame Lamort*,
die ruhlosen Wege der Erde, endlose Bänder,
schlingt und windet und neue aus ihnen
Schleifen erfindet, Rüschen, Blumen, Kokarden, künstliche
    Früchte –, alle
unwahr gefärbt, – für die billigen
Winterhüte des Schicksals.
....

Engel!: Es wäre ein Platz, den wir nicht wissen, und dorten,
auf unsäglichem Teppich, zeigten die Liebenden, die's hier
bis zum Können nie bringen, ihre kühnen
hohen Figuren des Herzschwungs,
ihre Türme aus Lust, ihre
längst, wo Boden nie war, nur an einander
lehnenden Leitern, bebend, – und *könntens*,
vor den Zuschauern rings, unzähligen lautlosen Toten:

Würfen die dann ihre letzten, immer ersparten,
immer verborgenen, die wir nicht kennen, ewig
gültigen Münzen des Glücks vor das endlich
wahrhaft lächelnde Paar auf gestilltem
Teppich?

Hans Thill

Die fünfte Elegie
(besser spät als nie)

WER aber sind sie, die Binnenbeduinen, Tippel
schwestern, schmucke Affengesichter bei ihrer gläsernen
Arbeit? Sagt mir eure Odyssay! Wann es euch wringt,
an eine Ecke borgt, baucht, jabbokt und händisch
mänätscht nach Hoo. Nehmt diesen alten Parka,
grüner als ein Petrodollar, strapaziert ihn, den Teppich,
Liebesmatte, ölig, per fracking aus dem Fels gedrückt
wie hinein geschwitzt. Um all das endlich zu flicken, Mackadam,
mit Schlaglöchern, die der Vorstadthimmel
zur Hilfe schickt. Und dann zeigt euch, Lulatsche aus
Dörfern, bedeckt mit Mücken, und eure erigierten
Lettern, rollend die Muckies, Lacherer des inneren
Zugriffs, zwingend wie August die Zange, als
sich die Sinnteller stapelten
unter seinem Tisch

Ach, auch dieser Umstand, altes Rosengrün
in den Herzen der Bloomäuler, Herabtreter, die blättern
und spucken in ihre Smartphones. Und stopfen,
sind sie Briefträgerin, Paketbote,
ihr lädiertes Dankdir! einer Hatz, vom Schweiß
gewienert, oberflach

Da: der Alte, welk am Stamm (die Ohren wären
Pilze), aus seinem Doppel geholt
und zur Trommel gespannt. So nimmt ihn das Grab
schon mal als Haut, zählt ihn, Grus und
Gries, dazu, abgefüllt von der Erde, die an die Wurzeln
greift und packt, damit die Grasnarbe nicht davonfliegt
mit dem weidenden Vieh

Ach, die jungen Leute, hastig zusammengefickt,
Mützenfresser, Lurche aus Strandeltern. Sollen
gleich Tunixen setzen Wort für Wort, Lehm für Lehm.
Singen hilft! Und bleibt immerhin stabil, ihr Nonnen, sprecht:
Der Herr hats erfunden und ich habs getrunken

Oh ihr Riesenspielzeug, fleißig wie Thunfische,
pflügend in eurer Kluft, Atemzünder, Zeugleute
als der Schmerz noch im Keller hauste

Du, der mit dem Aufschlag,
rascher als El Rachid, rascher als Wasser das den trägen
Wespensommer löschte, die Rüben lagen einfach so
auf den Feldern, die Buchstaben, aus den Wäldern
gelockt, flohen in die Wälder zurück. Und schön die Sprache
frischhalten, den Bizeps trainieren. Macht euch knapp,
macht einen Diener, nehmt den Bieger zuhilfe,
den Strecker. Verschluckt euren Stolz. Helft jedem Cent.
Und klatscht jetzt der Mann in die Hände (wohin sonst?),
das Herz, jedenfalls, trabt brav hinterher.
Du aber geh und sag der Mutter guten Tag,
dort unter Fallseide sitzt sie, macht Nüsse klein.
Schick dich um diese Biegung,
denn der Leib ist noch lange keine Münze,
wie das reden auch keine Zunge ist

Ihr Cantus Firnis Engel in der Pflückerkolonne
weint in eure Taschentücher, Bestäuber mit Wespentaille,
die ihr laut posaunt was nur auf Tassen geschrieben steht,
Salzt das Angesicht des Herrn, springt durch es
hindurch. Nehmt uns das Nochnicht und
stellt es dem Storch vor die Tür. Hangelt uns
diesen Weinstock leer. Schickt die Mäuse in ihre Tunnel,
springt drüber weg
wie eine Brücke namens Dimitroff.
Übermalt den Frost mit Kalkmilch, Swisteren der
Lieblichen. Es kann also gelingen,
Engel, Wesen aus Feuer und Luft, beherzt
wie eine Briefmarke.

Ich sage euch Stellen, Leute,
Brunnen, wo sie ihr Diesel holen. Wo sie dran saugen,
wo die Liebenden unter Türen liegen und der Boden
nachgibt (Paradox aller Erhebung).
Haarige Tiere, rings nichtmal Zuschauer, nichtmal
ein Rettungstrupp
für den letzten Tropfen

Und plötzlich der alte Unimog springt an,
mit pfeifenden Ventilen, der Atemdiesel.
Und dort noch Erich Mühsam, as big as high
steht er da, zerlumpt,
geschunden, zusammengehauen,
gehängt

Plätze o Platz in Paris: Michelange-Rabelais, Barbès-le-Mouchoir,
Menilmontant, Bobigny-Pantin-Raymond-Queneau,
Petite-Fleur-Bastille, Filles-du-Calvaire
die auf dem kahlen Calvin an den Teesträuchern zupfen
in solchen Tittshirts, Töchter der Zone,
Papiers dechirés

....

Engel: es gäbe eine Behausung, die wir nicht wissen,
ein Besserdorf elegischer Gelege,
mit Leitern, die aus dem Obst schauen, Krücken
für den Baumbestand. Lang wie ein Gospel, geflochten,
gestampft. Sollen wir Hütten bauen? Verschläge in einen
echolosen Garten, wo das Unglück ein Muskel ist
und das Können ein Kleingeld. Für euch singe ich nicht!
Ich bin halt ein Schüler des steten Lächelns und
trage sichtbar seinen Gürtel, seine Schuh.
Die sechste Energie bist du

DIE SIEBENTE ELEGIE

WERBUNG nicht mehr, nicht Werbung, entwachsene Stimme,
sei deines Schreies Natur; zwar schrieest du rein wie der Vogel,
wenn ihn die Jahreszeit aufhebt, die steigende, beinah vergessend,
daß er ein kümmerndes Tier und nicht nur ein einzelnes Herz sei,
das sie ins Heitere wirft, in die innigen Himmel. Wie er, so
würbest du wohl, nicht minder –, daß, noch unsichtbar,
dich die Freundin erführ, die stille, in der eine Antwort
langsam erwacht und über dem Hören sich anwärmt, –
deinem erkühnten Gefühl die erglühte Gefühlin.

O und der Frühling begriffe –, da ist keine Stelle,
die nicht trüge den Ton der Verkündigung. Erst jenen kleinen
fragenden Auflaut, den, mit steigernder Stille,
weithin umschweigt ein reiner bejahender Tag.
Dann die Stufen hinan, Ruf-Stufen hinan, zum geträumten
Tempel der Zukunft –; dann den Triller, Fontäne,

die zu dem drängenden Strahl schon das Fallen zuvornimmt
im versprechlichen Spiel … Und vor sich, den Sommer.
Nicht nur die Morgen alle des Sommers –, nicht nur
wie sie sich wandeln in Tag und strahlen vor Anfang.
Nicht nur die Tage, die zart sind um Blumen, und oben,
um die gestalteten Bäume, stark und gewaltig.
Nicht nur die Andacht dieser entfalteten Kräfte,
nicht nur die Wege, nicht nur die Wiesen im Abend,
nicht nur, nach spätem Gewitter, das atmende Klarsein,
nicht nur der nahende Schlaf und ein Ahnen, abends …
sondern die Nächte! Sondern die hohen, des Sommers,
Nächte, sondern die Sterne, die Sterne der Erde.
O einst tot sein und sie wissen unendlich,
alle die Sterne: denn wie, wie, wie sie vergessen!

Siehe, da rief ich die Liebende. Aber nicht *sie* nur
käme … Es kämen aus schwächlichen Gräbern
Mädchen und ständen … Denn wie beschränk ich,
wie, den gerufenen Ruf? Die Versunkenen suchen
immer noch Erde. – Ihr Kinder, ein hiesig
einmal ergriffenes Ding gälte für viele.
Glaubt nicht, Schicksal sei mehr, als das Dichte der Kindheit;
wie überholtet ihr oft den Geliebten, atmend,
atmend nach seligem Lauf, auf nichts zu, ins Freie.

Hiersein ist herrlich. Ihr wußtet es, Mädchen, *ihr* auch,
die ihr scheinbar entbehrtet, versankt –, ihr, in den ärgsten
Gassen der Städte, Schwärende, oder dem Abfall
Offene. Denn eine Stunde war jeder, vielleicht nicht
ganz eine Stunde, ein mit den Maßen der Zeit kaum
Meßliches zwischen zwei Weilen –, da sie ein Dasein
hatte. Alles. Die Adern voll Dasein.
Nur, wir vergessen so leicht, was der lachende Nachbar
uns nicht bestätigt oder beneidet. Sichtbar

wollen wirs heben, wo doch das sichtbarste Glück uns
erst zu erkennen sich giebt, wenn wir es innen verwandeln.

Nirgends, Geliebte, wird Welt sein, als innen. Unser
Leben geht hin mit Verwandlung. Und immer geringer
schwindet das Außen. Wo einmal ein dauerndes Haus war,
schlägt sich erdachtes Gebild vor, quer, zu Erdenklichem
völlig gehörig, als ständ es noch ganz im Gehirne.
Weite Speicher der Kraft schafft sich der Zeitgeist, gestaltlos
wie der spannende Drang, den er aus allem gewinnt.
Tempel kennt er nicht mehr. Diese, des Herzens, Verschwendung
sparen wir heimlicher ein. Ja, wo noch eins übersteht,
ein einst gebetetes Ding, ein gedientes, geknietes –,
hält es sich, so wie es ist, schon ins Unsichtbare hin.
Viele gewahrens nicht mehr, doch ohne den Vorteil,
daß sie's nun *innerlich* baun, mit Pfeilern und Statuen, größer!

Jede dumpfe Umkehr der Welt hat solche Enterbte,
denen das Frühere nicht und noch nicht das Nächste gehört.
Denn auch das Nächste ist weit für die Menschen. *Uns* soll
dies nicht verwirren; es stärke in uns die Bewahrung
der noch erkannten Gestalt. – Dies *stand* einmal unter Menschen,
mitten im Schicksal stands, im vernichtenden, mitten
im Nichtwissen-Wohin stand es, wie seiend, und bog
Sterne zu sich aus gesicherten Himmeln. Engel,
dir noch zeig ich es, *da!* in deinem Anschaun
steht es gerettet zuletzt, nun endlich aufrecht.
Säulen, Pylone, der Sphinx, das strebende Stemmen,
grau aus vergehender Stadt oder aus fremder, des Doms.

War es nicht Wunder? O staune, Engel, denn *wir* sinds,
wir, o du Großer, erzähls, daß wir solches vermochten, mein Atem
reicht für die Rühmung nicht aus. So haben wir dennoch
nicht die Räume versäumt, diese gewährenden, diese

unseren Räume. (Was müssen sie fürchterlich groß sein,
da sie Jahrtausende nicht unseres Fühlns überfülln.)
Aber ein Turm war groß, nicht wahr? O Engel, er war es, –
groß, auch noch neben dir? Chartres war groß –, und Musik
reichte noch weiter hinan und überstieg uns. Doch selbst nur
eine Liebende –, oh, allein am nächtlichen Fenster …
reichte sie dir nicht ans Knie – ?
Glaub *nicht*, daß ich werbe.
Engel, und würb ich dich auch! Du kommst nicht. Denn mein
Anruf ist immer voll Hinweg; wider so starke
Strömung kannst du nicht schreiten. Wie ein gestreckter
Arm ist mein Rufen. Und seine zum Greifen
oben offene Hand bleibt vor dir
offen, wie Abwehr und Warnung,
Unfaßlicher, weitauf.

Norbert Lange

Siebte Dummkopfelegie

»Wer wär nicht, nie, schön, schöner dir, scheu, scheuer, schon
ein Otter auf Knien, beginnt, nicht dort schön, schon scheu
vor dir, sein ehrliches, fehlerreiches, fehlerhaftes Aas, As, Auswahl, Wal.
Tausende Tauende, schrecklich im Schoß, oh Schoß, und wohnt
er dort, verirrt er sich, doch eklig, sieh doch: er fließt
schauderlich aus und kotet. Oh weh, wie er die Schweinerei bespricht,
erbricht, gebrochen hat, dieser, unserer Welt des Körpers in Ekel,
arger Oger Welt, wo er weiter eitert heiter, sich aalend suhlt,
Gott Otter, Vatermutter der Griechen, Helenen, Hellen, o Ursprung, Ausspuck
und Urspuk heißende, beißende, essende Imme! Oh ich!
Ihr Schleicher, Schluchzer, Getroffenen vom Schlag, sieh, schau, seht
seine hochvornehme Hand erhoben, klagend, kackend, Klagenende,
scheu, schön, schon Maden, scheue Mädchen, essen, ätzen schauderlich
wie es hier von Odem Oden haucht, Luft, Luft, oh!!!«

Keine Liebesgedichte mehr für dich alten Schreihals.
Man hätte dir diesen Zahn besser schon gezogen,
du bist herausgewachsen aus dem Schwanenkleid,
hast deinen letzten Gesang hinter dir bereits.
Ich weiß schon, ich weiß – haust noch in die Tasten,
dich laut umstülpend, komischer Vogel. Für dich klingelt's
schmetterst Metren wie Schmachtfetzen. Doch das
war gestern, schmerzlich kauender Landser,
Schwabbelsänger, eingeschlüpfter Blutsauger. Glaubst
für dich – wer's glauben möchte! –, ein Diener
des Verkümmerns, und tust es immer wieder
schrecklich seriös – bist angekommen. Und schlimmer!
Füllst die Lungen – sie schwellen an –,
dass alle sich vor Lachen herzhaft kringeln,
erfindest einen Sommer – würdest wirbeln, gerührt
was sonst schwappend in Bäuchen gärt.
Dichtung triebe dich, die von Angst geleitete Freund-Feindin,
an der Leine geführt, sie spräche zu dir –,
du erwärmtest dich für sie, würdest auf Wangen
spüren wagemutiges Erglühen. – Tierlaute [sic!] spielte Gitarrenriffs,
kein Auge bliebe trocken. Wär Anschein von Verkündigung geweckt.
Weitweinumschwingendes Schwallen, in Reinform schwedendes »Joh!!!«
Ach! Ach, nein! Lieber, ließest du das herzhafte
In-alle-Bäuche-Gluckern sein, bitte, nein!
Geh nur, die Kapitolstufen hochgepriesen, der Zunft
Zungenkunst aus den Augen … leuchte heim, stürze die Neige,
wohin du möchtest, nur fort, unsäglicher Schöner,
Bruch, Engel, Blutsauger … Blödes Grollen!

Nicht dass genörgelt wird, weil du begriffsschwer bist, nein –, nicht
dass allein
man so übel verfangen in altaalendes Dahinwinden sein kann.
Nicht dass einen das Alter, nein, als leuchtete es heim, so schlimm
umzüngelt von monströsen Schlafschafen, erhaben blökend.

Nicht, dass einem nur schwindlig wird, Klugsein, bloß mit einem
Schatten, nein,
nicht dass sie allein das Denken verbiegt, schon gar nicht einem allein,
nein,
nicht allein dem da, der grollt, ja, der völlig hinüber ist, nein,
nicht allein in Gedanken versickert, nein, dem Denken: abgelaufen …
nein, dass du dichten sollst, das glaubst du allein! Dumme Geschichte,
keine echt lyrische Dienstleistende klatscht der Erde in die Hände,
redest du.
Oh, schlecht war es nicht, doch das war gestern. Und immer noch
redest du,
füllst Ohren und Köpfe, leuchtest arm, als wär dein Töpfchen dein Heim:
Oh je, weh, wie schön wär's da: Vergessen!

Sieh mal, ich habe (an)gerufen. Mir nicht bloß Luft gemacht, nein, Äther,
ein äh … ähem … recht verächtlich, ach, ein heißes Eisen, nein,
eher erschlichen die Ehren, freizügig unten eher … und … Ach, schnief,
schnauf, wie verrufen ich nun bin, wen kann *ich* rufen? Uff!
Die Versunken umkreisen mich, schlagen Töne an – die jammern rum.
– Ihr Kleinen, die ihr mal zulangtet, das faule Ding befühltet.
Jetzt glotz ihr nur, denkt betreten an die Kinderschritte
eines Scheusals – Mandibeln zittern, Riffe auf Gitarren, sie zerschellen,
beleben wieder den grässlichen Blutsauger;
wie der rummacht und sich, in den Arm genommen, ausbreitet in Köpfen,
euch einzubläuen, er wäre eures Geistes Kind: Mach, was du willst,
Seh's-und-mach's-Aff äh … ähem … am Ende tut er doch
es immer schrecklich seriös, bricht sich Bahn und kommt zum Stich.

Wie herrlich, hier hör ich! Ihr Ohren, *ihr* tut es auch.
Ihr Angewachsenen, betet los, schlackert –, hier im ärgsten
Stadtabgas-Gezeter, Stinkschwäne, derbe
geöffnete, schamlose Hoffer! Glaubt, was ihr wollt, hebt ab,
meinetwegen, dass ich für eine Stunde ein Lyrik-Spinner war, an ab-
gekauter Frist vielverspeistes tierisches Zweifeln ernten

werdet ihr, häh… äh … habt den falschen am Strick. Ich lege mich
vielleicht dort aus und zeige vieles von mir,
bin in einer Stunde schon ganz abgekaut vom nagenden Fragen,
während Zeit mich verdaut. Doch der Zahn
wird brüchig, kariös werden. Tja, soll ich vergessen haben, Solei,
was der eine Nachbar mir durch sein Glucken nachsagt,
das/ss er ausgebrütet hat, der Neidhammel, der mir nachgeigen wollte?
Ein Prahlvogel, und häh … äh … klar ist der ein Arsch,
erzählt Geschichten (wie der Name schon sagt).

Sicher, mal hat man Lust drauf, auch das luftigste Glücken
sticht einen mal, wenn man lange davon fernbleibt.
Nicht einer, keiner irrt auf Erden mehr, verleimt den Verstand. Haben wir
halt den Falschen an der Strippe. Es ist für die Katze.
Am anderen Ende wird geschwiegen, einer schwitzt. Wo ein Vogel sitzt,
traut kein Wort sich selbst mehr über den Weg. Ein Durcheinander
ist das, Gog-Magog, klingt täuschend echt, vielleicht ein Elch. Ich hör
    ergriffen zu,
es greift mir ins Innere, oh Gott, mein Kopf!
War der Muskelaffe erpicht auf etwas gebrochen vom Ast?
Wie herumfaunend auf Zoten er gerangelt hat, der olle Spinner.
Dies gefühlsduselige Herzen, Versvermerzen, wir vergessen es nicht,
zahlen es heim. Ja, wo in einem der Drang wohnt, das Überüble,
dieses Unbestimmte, verschimmelt noch der stärkste Käse –,
heißt es, schon der nächste heiße Scheiß, darüber schäumt es
in dem versoffenen Schlund da, versiffte Pforte stark ertränkter Worte,
dass es mal wieder nicht anders als stinken konnte. Wie das gemüffelt hat!

Je fester die Ente mit dem Kopf draufschlägt,
desto leichter entfleucht ein Seufzen ihr – gärt Göre forte.

Coda der Siebenden

Ich Sternegroß zieh gerne Sterne groß. Die Bienen säuseln: Trottel,
werd's dir zeigen, da! Auf deine Denkerstätte knall ich dir eine,
dass nicht mehr gradestehest du – wohl verschluckt an einer Gräte, uff!
Bescheuerte Pläne bescheuerter Sphingen zitternder Stimmen
hirnverbrannter Stämme, schütterer Schwall von vergehend-
sauverkehltem Stuss!

Wen wundert's, dass er sich daran aufreibt, wen nicht? O Gesangsverein
windig-schlängelnder Blutsauger-Engel. Wie bescheuert könnt ihr
noch werden, Schmierekleckser, ach, honigweiche, verwelkte Holzbirnen,
ausgestopft mit Eichenlaub? Was soll das Mühen, das Getue,
Ruhm und Preis auf ein Muh zu bringen, einen Namen,
das angenähte Abzeichen? So sieht es doch aus?
Ich Tropf, unfertiger, unausgegoren triefender
Möchtegern-Spritz. (Dies Fleischen flacher Rosen, falscher Hengste,
verchromt, verdorrt, kippt Öl drüber!)
Wär urwüchsig wer, Rose oder so, ich schwör, dass ich keinen Engel
sondern einen Blutsauger gesehen habe, so was von –
seht selber nach, grad roch's danach, rosig noch, ein Gaul – und wie
ich's nötig hatte, unbedingt, mit starkem Tick. Ich Schulden-Depp,
grüner Spritzling seltsamen, beträchtlichen
Gestanks, siechen ans Nie – ? Schaut doch, ich meine, pfui Teufel,
dass ihr alle in die Hölle kommt, und ihr mich auch. Dir zahl ich's heim,
denen: später wohl.
Ich rücke mich noch grade, werd's richten! Ohje, schon wieder heftig
ausgeprägtes Verlangen danach zu dichten.

DIE ACHTE ELEGIE

Rudolf Kassner zugeeignet

MIT allen Augen sieht die Kreatur
das Offene. Nur unsre Augen sind
wie umgekehrt und ganz um sie gestellt
als Fallen, rings um ihren freien Ausgang.
Was draußen *ist*, wir wissens aus des Tiers
Antlitz allein; denn schon das frühe Kind
wenden wir um und zwingens, daß es rückwärts
Gestaltung sehe, nicht das Offne, das
im Tiergesicht so tief ist. Frei von Tod.
Ihn sehen wir allein; das freie Tier
hat seinen Untergang stets hinter sich
und vor sich Gott, und wenn es geht, so gehts
in Ewigkeit, so wie die Brunnen gehen.
Wir haben nie, nicht einen einzigen Tag,
den reinen Raum vor uns, in den die Blumen
unendlich aufgehn. Immer ist es Welt
und niemals Nirgends ohne Nicht: das Reine,
Unüberwachte, das man atmet und
unendlich *weiß* und nicht begehrt. Als Kind
verliert sich eins im Stilln an dies und wird
gerüttelt. Oder jener stirbt und *ists*.
Denn nah am Tod sieht man den Tod nicht mehr
und starrt *hinaus*, vielleicht mit großem Tierblick.
Liebende, wäre nicht der andre, der
die Sicht verstellt, sind nah daran und staunen …
Wie aus Versehn ist ihnen aufgetan
hinter dem andern … Aber über ihn
kommt keiner fort, und wieder wird ihm Welt.
Der Schöpfung immer zugewendet, sehn
wir nur auf ihr die Spiegelung des Frein,
von uns verdunkelt. Oder daß ein Tier,

ein stummes, aufschaut, ruhig durch uns durch.
Dieses heißt Schicksal: gegenüber sein
und nichts als das und immer gegenüber.

Wäre Bewußtheit unsrer Art in dem
sicheren Tier, das uns entgegenzieht
in anderer Richtung –, riß es uns herum
mit seinem Wandel. Doch sein Sein ist ihm
unendlich, ungefaßt und ohne Blick
auf seinen Zustand, rein, so wie sein Ausblick.
Und wo wir Zukunft sehn, dort sieht es Alles
und sich in Allem und geheilt für immer.

Und doch ist in dem wachsam warmen Tier
Gewicht und Sorge einer großen Schwermut.
Denn ihm auch haftet immer an, was uns
oft überwältigt, – die Erinnerung,
als sei schon einmal das, wonach man drängt,
näher gewesen, treuer und sein Anschluß
unendlich zärtlich. Hier ist alles Abstand,
und dort wars Atem. Nach der ersten Heimat
ist ihm die zweite zwitterig und windig.
O Seligkeit der *kleinen* Kreatur,
die immer *bleibt* im Schooße, der sie austrug;
o Glück der Mücke, die noch *innen* hüpft,
selbst wenn sie Hochzeit hat: denn Schooß ist Alles.
Und sieh die halbe Sicherheit des Vogels,
der beinah beides weiß aus seinem Ursprung,
als wär er eine Seele der Etrusker,
aus einem Toten, den ein Raum empfing,
doch mit der ruhenden Figur als Deckel.
Und wie bestürzt ist eins, das fliegen muß
und stammt aus einem Schooß. Wie vor sich selbst
erschreckt, durchzuckts die Luft, wie wenn ein Sprung

durch eine Tasse geht. So reißt die Spur
der Fledermaus durchs Porzellan des Abends.

Und wir: Zuschauer, immer, überall,
dem allen zugewandt und nie hinaus!
Uns überfüllts. Wir ordnens. Es zerfällt.
Wir ordnens wieder und zerfallen selbst.

Wer hat uns also umgedreht, daß wir,
was wir auch tun, in jener Haltung sind
von einem, welcher fortgeht? Wie er auf
dem letzten Hügel, der ihm ganz sein Tal
noch einmal zeigt, sich wendet, anhält, weilt –,
so leben wir und nehmen immer Abschied.

Dorothea Grünzweig

auf tunturis dies wundersame wandern

die laavuliebe jetzt für uns entdeckt
        bei langem wandern auf den tunturis
beim wundersamen wandern auf den fjells
        wo wir im laavu nächtigen auch love
genannt und lauhe   halb geöffnetes
        tipi   an seinem rand die feuerstelle
im innern liegen matten   unsere schlafsäcke
        in die wir taumelnd vor erschöpfung kriechen

zum taigawald und den gewellten fjells
        die grenze auch zu tieren   diesen tieren
hier   ganz unwillkürlich traten wir sie nieder
        verwandelt wir durch wunders wirken über
die tunturis so scheints näin meistä tuntuu
        in ihrer kargen abgeschiedenheit

/

in ihrem gleichlauf   wir sind ohne uhren
        ihm angepasst   der zyklisch runden zeit
und über laavu   unverschlossener love
        durch einfachheit   auch kein mobilfunknetz
so spürbar mit den tieren tief verwandt
        den schneeeulen den schneefüchsen den renen
den lemmingen den wölfen auerhähnen

im frühschnee dieses herbsts entdecken wirs
        die laavuliebe eingehüllt in nächte
und nächte sind es die ins tierreich spielen
        wie wir es bislang sonst gewiss nicht kannten
das tönen greifbar vorgewölbter sterne
        das zungenreden dieses himmels so
als wolle er die landschaft unter sich
        besprechen   auch als ob er etwas rühme
das größer   weiter ist noch als er selbst

die skier steckten wir in schnee   den ahkja
        und uns beschützen flügel einer kiefer
in unserer lauhe liegen wir geborgen
        wo unterm siegel der verschwiegenheit
wir nur ein bisschen mensch noch sind   nicht mehr
        die lebenslust der tiere sehen wir
es liegt auf ihnen uns verlorner segen
        wir haben ihn verspielt   ihr dasein ist
erfüllt von gegenwart   zergittert nicht
        in vorher nachher und dazwischen jetzt
sie erbtens vom zerstörten paradies
        ruine auch für sie die schuldlos sind
sein urverstehn von reiner gegenwart
        und zeitverschwendung gibt es für sie nicht
    ein jedes ruht in sich und seinem wesen

wir ahnen ihre kämpfe und ihr frieren
        wir ahnen ihren ungezähmten hunger
wir werden täglich zeugen ihres lebens
        ins atemlot zu finden ist hier leicht
und leicht sich vorzustelln wie wir es sonst
        nicht kannten dass der tod   ja unser tod
nicht anders ist als der von allen tieren
        die nicht sich grämend ihn begrübeln müssen
sie klagen nicht   sie hadern nicht   ganz ohne
        ein weinen jammern hoffen sterben sie
hinein in luft in laub in moos in suo
        in schnee   was immer heißen wird in gott
die allheit seines seins hineinsterben

doch lebend quält die schwermut jene tiere
        die käfige und ställe herzlos fesseln
und alle packt die wildgewordene angst
        sie fürchten um ihr ihren feinden oft
jäh ausgesetztes leben   doch die angst
        im innern ihnen lauernd aufgetürmt
als schreckerfahrung schon von kindesbeinen
        an   eine vorwärtspeitscherin bleibt treu
bei ihnen wenn sie sterben   macht nicht
        mehr fluchtanfällig   wird zur stillen sanften
entwarnung meldenden sterbegefährtin
die von der *ersten heimat* sicher weiß
        und weil sie stärker ist   als letzte geht
trägt diese so verwandelte sie durch
        ach unsere menschenangst   wie ähnlich ist sie

nur hier im schoß der fjells scheint sie uns fern
        die laavuliebe   lauhe- loveliebe
für uns entdeckt im blühschnee dieses herbsts
        es ist als seien wir zurückgenommen

und jedem lebewesen gleichgeschöpflich
        hinzugesellt   als wären wir angekommen
näin meistä tuntuu auf den tunturis
        im kurzen haltlos heilen augenblick

(anmerkungen:)
tunturi – finn.: fjell; *meistä näin tuntuu:* es scheint uns so; von *tuntea*: fühlen, empfinden, *lauhe*, *love*: nebenformen von finn. laavu; *ahjka* – finn.: lastschlitten*; suo* – finn.: moor. hell, grasbewachsen
aussprache: »v« wird im finn. als »w« gesprochen. »h« zwischen vokalen als »h«, vor konsonanten als »ch«; »o« ist »o«.

Rainer René Mueller

Fuga & Stretto

Schwan und Virgule
Die achte Elegie. Sans, Souci

> „Ende, es ist zu Ende, es geht zu Ende, es
> geht vielleicht zu Ende"
> *Samuel Beckett. Endspiel*

Mit allen Augen sieht die Kreatur
das Offene. Nur unsre Augen sind
wie umgekehrt und ganz um sie gestellt
als Fallen, rings um ihren freien Ausgang.
Was draußen *ist,* wir wissens aus des Tiers
Antlitz allein; denn schon das frühe Kind
wenden wir um und zwingens, daß es rückwärts
Gestaltung sehe, nicht das Offne, das
im Tiergesicht so tief ist. Frei von Tod.

> … , … ich find nicht hinaus / ein–
> gesagt aus der eigenen Kopfstimme

Ihn sehen wir allein; das freie Tier
hat seinen Untergang stets hinter sich
und vor sich Gott, und wenn es geht, so gehts
in Ewigkeit, so wie die Brunnen gehen.

über den schmatzenden Stülpmäulern
der Goldfische –„hoch aufsteigt der Strahl"–
im *vierpassförmigen* Brunnenbecken,

Wir haben nie, nicht einen einzigen Tag,
den reinen Raum vor uns, in den die Blumen
unendlich aufgehn.

… *daneben, auf dem Kiesweg :*
schlägt der Schwan mit seinen Flügeln
den jungen Russen zugrund,
reizprädestiniert –

Immer ist es Welt
und niemals Nirgends ohne Nicht: das Reine,
Unüberwachte, das man atmet und
unendlich *weiß* und nicht begehrt. Als Kind
verliert sich eins im Stilln an dies und wird
gerüttelt. Oder jener stirbt und *ists.*

… am Ende der, vom Barockgelb herab / terrassierten
sanften Treppe,
hinterläßt
„ eine Fledermaus eine Spur
im Porzellan …" (Duino. Die Achte …)

Denn nah am Tod sieht man den Tod nicht mehr
und starrt *hinaus,* vielleicht mit großem Tierblick.
Liebende, wäre nicht der andre, der
die Sicht verstellt, sind nah daran und staunen…

: :Spur::
… fängt sich im Komma : um–
: – gestülpte Geschichte, ohne
Zweifel, –

Denn nah am Tod sieht man den Tod nicht mehr
und starrt *hinaus,* vielleicht mit großem Tierblick.
Liebende, wäre nicht der andre, der
die Sicht verstellt, sind nah daran und staunen…
Wie aus Versehn ist ihnen aufgetan
hinter dem andern… Aber über ihn
kommt keiner fort, und wieder wird ihm Welt.

im Blick : die ausgeglaste, ausgekühlte
Orangerie, dezemberblöd, – blind
Sinn macht's . Sinn …

Der Schöpfung immer zugewendet, sehn
wir nur auf ihr die Spiegelung des Frein,
von uns verdunkelt. Oder daß ein Tier,
ein stummes, aufschaut, ruhig durch uns durch.
Dieses heißt Schicksal: gegenüber sein
und nichts als das und immer gegenüber.

im Blick : die ausgeglaste, ausgekühlte
Orangerie, dezemberblöd, – blind
Sinn macht's . Sinn …

Wäre Bewußtheit unsrer Art in dem
sicheren Tier, das uns entgegenzieht
in anderer Richtung –, riß es uns herum
mit seinem Wandel. Doch sein Sein ist ihm
unendlich, ungefaßt und ohne Blick
auf seinen Zustand, rein, so wie sein Ausblick.
Und wo wir Zukunft sehn, dort sieht es Alles
und sich in Allem und geheilt für immer.

:Spur:
… fängt sich im Komma : um–
: – gestülpte Geschichte, ohne
Zweifel, –

Und doch ist in dem wachsam warmen Tier
Gewicht und Sorge einer großen Schwermut.
Denn ihm auch haftet immer an, was uns
oft überwältigt, – die Erinnerung,
als sei schon einmal das, wonach man drängt,
näher gewesen, treuer und sein Anschluß
unendlich zärtlich. Hier ist alles Abstand,
und dort wars Atem. Nach der ersten Heimat
ist ihm die zweite zwitterig und windig.

… am Ende der, vom Barockgelb herab /
terrassierten sanften Treppe, hinterläßt
„ eine Fledermaus eine Spur
im Porzellan …“ (Duino. Die Achte …)

O Seligkeit der *kleinen* Kreatur,
die immer *bleibt* im Schooße, der sie austrug;
o Glück der Mücke, die noch *innen* hüpft,
selbst wenn sie Hochzeit hat: denn Schooß ist Alles.
Und sieh die halbe Sicherheit des Vogels,

der beinah beides weiß aus seinem Ursprung,
als wär er eine Seele der Etrusker,
aus einem Toten, den ein Raum empfing,
doch mit der ruhenden Figur als Deckel.

… *daneben, auf dem Kiesweg:*
schlägt der Schwan mit seinen Flügeln
den jungen Russen zugrund,
reizprädestiniert –

Und wie bestürzt ist eins, das fliegen muß
und stammt aus einem Schooß. Wie vor sich selbst
erschreckt, durchzuckts die Luft, wie wenn ein Sprung
durch eine Tasse geht. So reißt die Spur
der Fledermaus durchs Porzellan des Abends.

über den schmatzenden Stülpmäulern
der Goldfische – „hoch aufsteigt der Strahl" – im
vierpassförmigen Brunnenbecken,

Und wir: Zuschauer, immer, überall,
dem allen zugewandt und nie hinaus!
Uns überfüllts. Wir ordnens. Es zerfällt.

, … ich find nicht hinaus / ein–
gesagt aus der eigenen Kopfstimme

Wir ordnens wieder und zerfallen selbst.

Sans, Souci …

Wer hat uns also umgedreht, daß wir,
was wir auch tun, in jener Haltung sind
von einem, welcher fortgeht? Wie er auf
dem letzten Hügel, der ihm ganz sein Tal
noch einmal zeigt, sich wendet, anhält, weilt –,
so leben wir und nehmen immer Abschied.

Fuga & Stretto,
Schwan und Virgule:
Die achte Elegie. Sans Souci

„Ende, es ist zu Ende, es geht zu Ende, es
geht vielleicht zu Ende“
Samuel Beckett. Endspiel

Aus: **DIE SONETTE AN ORPHEUS**
GESCHRIEBEN ALS EIN GRAB-MAL
FÜR WERA OUCKAMA KNOOP

ERSTER TEIL

I

DA stieg ein Baum. O reine Übersteigung!
O Orpheus singt! O hoher Baum im Ohr!
Und alles schwieg. Doch selbst in der Verschweigung
ging neuer Anfang, Wink und Wandlung vor.

Tiere aus Stille drangen aus dem klaren
gelösten Wald von Lager und Genist;
und da ergab sich, daß sie nicht aus List
und nicht aus Angst in sich so leise waren,

sondern aus Hören. Brüllen, Schrei, Geröhr
schien klein in ihren Herzen. Und wo eben
kaum eine Hütte war, dies zu empfangen,

ein Unterschlupf aus dunkelstem Verlangen
mit einem Zugang, dessen Pfosten beben, –
da schufst du ihnen Tempel im Gehör.

Franz Josef Czernin

nicht nur orpheisch

in alpha-, beta-, ach auch metapollen
dies alte leiern uns, ach!, sägen spendet,
als unter toten brettern uns beleben sollen,
im auge und am ohr dies abc befeuern.

denn blut- und honigsüss war längst das harz
dem holz entquollen, sich verschwendet lingual
in unsern feiern, wo sich das blütenblatt
sehr redlich wendet, seit diese leiter tönend

hier auf wie nieder klettern.– ja im tiefen schlund
uns unter schmerzen einst erschollen, seiten wechselnd
erneuern dies durch all die wechselsaiten,

bald dauernd schöpfen aus dem übervollen,
als im beherzen mund am mund vergöttern,
dass uns nichts mehr in schönen lettern endet.

Franz Josef Czernin

auch amor

dank früher mythen hier den keim erneuern,
dies kollektiv anleiern, polymorp äussernd
vorm nektar necken uns, beflügelt schwärmen,
zart fühler laben, doch in blüten rings verschleiern.

denn bienen wandeln säfte auch in därmen,
dass in dem schleim, dem ungemässen, kräfte
aus staub und blut in den gefässen lärmen,
befeuern unsere viten, bis zu dem erschrecken

durch die sekrete insgeheim. doch in verstössen
den griffel offen als exempel längst verrieten,
wo namentlich uns hefte wieder gaben,
in diesem stempel auch des andern blössen:

das abc, was für ein seim und honiglecken!,
todsicher in dem tempel nie zu ende feiern.

Christian Lehnert

In diesen Intervallen ist noch mehr
Als ein Verströmen / auch ein Innehalten:
Was ist das Einende in den Gestalten?
Die Stimme pocht im Weißdorn. Sie wird schwer /

Der Eistau wächst in Trauben. Fremdes singt
Von Fremde / die kein Fallender durchschaut /
Solange er sich noch gehalten glaubt.
Die Amsel weiß nicht / was sie jetzt durchdringt –

Der Tod? Der Blauglanz / wie ein Tropfen schwebt?
Ihr Lautwerk ist aus lauter Reif gewebt
Und löst sich auf im ersten Sonnenflirren /

Hält doch im Schwinden / Atemlosen still /
Als lauschte es / was in ihm werden will /
Und singt im Strauch von einem schwarzen Schwirren.

II

UND fast ein Mädchen wars und ging hervor
aus diesem einigen Glück von Sang und Leier
und glänzte klar durch ihre Frühlingsschleier
und machte sich ein Bett in meinem Ohr.

Und schlief in mir. Und alles war ihr Schlaf.
Die Bäume, die ich je bewundert, diese
fühlbare Ferne, die gefühlte Wiese
und jedes Staunen, das mich selbst betraf.

Sie schlief die Welt. Singender Gott, wie hast
du sie vollendet, daß sie nicht begehrte,
erst wach zu sein? Sieh, sie erstand und schlief.

Wo ist ihr Tod? O, wirst du dies Motiv
erfinden noch, eh sich dein Lied verzehrte? –
Wo sinkt sie hin aus mir? … Ein Mädchen fast …

Marit Heuß

Fragment

Ich hörte nicht die Lerche;
an mein Ohr geneigt wäre
Meeresrauschen durstiger,
das eingesperrt in einer Muschel singt
in meinem Ohr
oder losgelassne freie Wellen,
deren Bellen
und wie Sommer dann vorüber glitten
ohne in mein Ohr zu wachsen
zu dem Lied für *fast ein Mädchen*
singt man noch so?
wie man wilde Blüten wirft
und stürmt davon wie selbst ein Lied

XV

WARTET …, das schmeckt … Schon ists auf der Flucht.
…. Wenig Musik nur, ein Stampfen, ein Summen –:
Mädchen, ihr warmen, Mädchen, ihr stummen,
tanzt den Geschmack der erfahrenen Frucht!

Tanzt die Orange. Wer kann sie vergessen,
wie sie, ertrinkend in sich, sich wehrt
wider ihr Süßsein. Ihr habt sie besessen.
Sie hat sich köstlich zu euch bekehrt.

Tanzt die Orange. Die wärmere Landschaft,
werft sie aus euch, daß die reife erstrahle
in Lüften der Heimat! Erglühte, enthüllt

Düfte um Düfte. Schafft die Verwandtschaft
mit der reinen, sich weigernden Schale,
mit dem Saft, der die Glückliche füllt!

Carolin Callies

apfelsinen
ein sich auswachsendes sonett

I.
wer sucht nach kartoffeln & apfelsinen?
wer findet nur kalk & findet ein kalb am strick & fasst alles an?
fünf fremde sind's, die stehen in deinem kellerloch.

II.
bestimmt liegen orangen auf deiner brust,
morgen müssen wir sie ausgraben gehen,
flüstern die fremden ins klemmbrett.

es ist schnee auf den kellerboden gefallen
& selbst ich hab fleisch zu den orangen gepackt,
habe hände gestreichelt, als hände noch fleisch & schneewehen

III.
liegen auf deinem augenweiß,
sagen die, die sich mit kellern & kalk gut auskennen,
& selbst ich hab eine feuchtschnauze auf deine brust

& moos & last tut nicht weh, nur orangen
& wo sich ödland im keller ausbreitet, unter dem du liegst,
fast schon eine kuhhaut. niemand hat nach dir gesucht.

am ende der steppe vertrocknen die beeren
& das gras im keller, der keinen boden kennt
& die süße im körper, die herausrinnt
& nennen wir die steppe heute keller & den schmerz für heute nur orangen.

IV.
wo kommt der saft bloß her? im keller lösen sich die kisten auf
& fünf fremde fangen an, die statik in frage zu stellen
& in der nacht ziehen listig orangen in die kisten & körper

& die außenwelt bleibt ein gebüsch,
in dem man noch atmet & boden hat & fell trägt,
& das kalb wird langsam hungrig.

morgen lasse selbst ich mir apfelsinen entnehmen,
ich habe schon das traubenmesser an mich gelegt.
vielleicht bin ich auch nur grün hinter den schenkelknochen?
ist das leibessaft oder schnee,

fragen die ahnungslosen herrschaften im keller
& haben eine menge an ankern in die flüssigkeit geworfen,
verfing sich keiner im obst & keiner im nass
& jetzt wickeln sie die orangen ins innere des kalbes ein.

V.
den weichen punkt an der orange gefunden haben
& einschneiden
& nun wird es besser, wie alles besser wird,
wenn man eine sanfte schnauze auf ein obst legt.

schauen auch beeren hervor durch die fleischstützen.
die orangen, die anfangen zu trocken oder zu faulen,
wer weiß das schon so genau, sagt einer der fremden
& ich zerre deine trockenen mundschalen an meine.

um einen läppischen hautkeller in form zu bringen,
stehen fünf übellaunige herrschaften darin & riechen:
es sind wände aus dem sechzehnten jahrhundert in dir

& fassen die fünf an den kalk, an das kalb,
an die orangen, an die kartoffeln & an dich.
wer morgen in wem zu liegen vermag, muss auf dem klemmbrett stehen.

XXIV

SOLLEN wir unsere uralte Freundschaft, die großen
niemals werbenden Götter, weil sie der harte
Stahl, den wir streng erzogen, nicht kennt, verstoßen
oder sie plötzlich suchen auf einer Karte?

Diese gewaltigen Freunde, die uns die Toten
nehmen, rühren nirgends an unsere Räder.
Unsere Gastmähler haben wir weit –, unsere Bäder,
fortgerückt, und ihre uns lang schon zu langsamen Boten

überholen wir immer. Einsamer nun auf einander
ganz angewiesen, ohne einander zu kennen,
führen wir nicht mehr die Pfade als schöne Mäander,

sondern als Grade. Nur noch in Dampfkesseln brennen
die einstigen Feuer und heben die Hämmer, die immer
größern. Wir aber nehmen an Kraft ab, wie Schwimmer.

Kerstin Hensel

SOLLEN WIR WEITER WAS KOMMT
Uns einkesselt und herohaft hämmert
Annehmen um
Im unteren Zukunftsgestade abzutauchen ins schwere
Wasser? Sollen wir
Um unmutige Mütchen zu kühlen
Üben das Letzte zu überleben:
Freundschaften Liebe Life-is-life? Die großen
Ins Leere gespuckten Töne?

Sollen wir rühmen was wir einst vermochten:
Die Sirenen mundtot
Den Höllenhund handzahm zu machen?

Das Zukunftsgeschwader *werbender Götter*
Zielt auf stählerne Zuversicht
Tote wieder und
Wieder
Einsam

ZWEITER TEIL

X

ALLES Erworbne bedroht die Maschine, solange
sie sich erdreistet, im Geist, statt im Gehorchen, zu sein.
Daß nicht der herrlichen Hand schöneres Zögern mehr prange,
zu dem entschlossenern Bau schneidet sie steifer den Stein.

Nirgends bleibt sie zurück, daß wir ihr *ein Mal* entrönnen
und sie in stiller Fabrik ölend sich selber gehört.
Sie ist das Leben, – sie meint es am besten zu können,
die mit dem gleichen Entschluß ordnet und schafft und zerstört.

Aber noch ist uns das Dasein verzaubert; an hundert
Stellen ist es noch Ursprung. Ein Spielen von reinen
Kräften, die keiner berührt, der nicht kniet und bewundert.

Worte gehen noch zart am Unsäglichen aus …
Und die Musik, immer neu, aus den bebendsten Steinen,
baut im unbrauchbaren Raum ihr vergöttlichtes Haus.

Christian Filips

Sonette an Deadbot Rilkeus

1

Erworben? Nichts. Ich schnorre mich so durch
bei jeder Form, die außer mir ist, leih ich an.
Die Form reicht mir die Hand. Sie ist mein Mann,
bzw. weiß ich noch nicht genau: Ist sie ein Falke, ein Lurch,

ein Deadbot, ein Drag oder etwa schon wieder der große Gesang,
der träumt von Türmen und phallischem Einsiedlerstein?
Wie sing ich mich in das Jahrtausend ein,

das meiner Trauer sagt: Du bist Programm?
Diesmal will ich nicht bei den Großen sein.
Diesmal will ich für alle Panther*innen sprechen.
Diesmal lass ich die Stäbe anders brechen

und mache mich mit den Gebrechen gemein.
Ich will die Schönheit sehen, die mich verschmäht.
Und wissen, wie es um die schönen Toten steht.

2
Wer wird nach deinem Tod noch für dich sprechen?
Der Deadbot wird bereitstehen. Traust du ihm?
Er sagt: »Ich möchte dir bei deiner Trauer helfen.«
Du denkst: das virtuelle Auferstehen hat Schwächen.

Was kann dir nach dem Tod noch wirklich drohen?
»Dein Geist gehorcht dir nicht«. Das siehst du ein.
»In jedem Zombie steckt ein Binnenreim.«
Der Deadbot scheint zu wissen, wo du wohnst

und auch die Deutung soll er übernehmen.
Ob nach dem Tod die Trauer sich noch lohnt?
»Wie geht's dir, wo du bist?« Nicht ungewohnt.

Die Stimme darf den Körper zum Kondolieren verlassen.
Auch nach dem Tod sollst du dich nicht bequemen.
Ihr tiefstes Beileid wünschen die Apps

der Ortskrankenkassen von Bremen.

3
Und jetzt, wo es zum ersten Mal seit deinem Tod
mehr Bilder vom asiatischen Tiger
als lebendige Tiger in freier Wildbahn gibt,
ist es an der Zeit, die Lieder der bald

aussterbenden Tiere aufzuzeichnen. Das muss gemäß
der Melodie ihrer Laute geschehen und darf sich
nicht an die üblichen Aufzeichnungs-
mechanismen und Reimschemata halten.

Noch wissen wir nicht, welche Gewalten
hier im Spiel sind, aber klar ist, dass jede Anwesenheit
sich wandelt, wenn man sie bloß simuliert.

Und nachdem ich einen Monat lang
mit deinem toten Bot sprach, kam es mir fast so vor,
als seist du da, Wera Ouckama, und hättest den Kopf

einer Tigerin, der letzten ihrer Art.

4
Dein Deadbot erlaubt uns, weiterzusprechen
auch nach deinem Tod. Wo willst du
den nächsten Stab brechen? Wäre es hier
gut? Nein, noch eine Weile sollte ich warten,

bis ich das teile. Was uns mal heilig war,
diese Erinnerungen in den Fotoecken,
im Wandschrank verstaut, wird jetzt auf
Kupferdrähten besungen, vielfach geteilt.

Du willst im Jenseits der Mechanik bleiben
und doch gesehen sein. Die Sammelstelle
für solche Beschwerden (dein Song

spielt sich von selbst ab, und viel zu laut)
wird dir jetzt für immer in dein Gehör gebaut,
als Tempel: Siri, setz den Rilkeus-Timer.

5
Mama! Mama! Hast du an mich gedacht?
Die Mutter will ihr totes Kind umarmen
und greift ins Nichts. Das Kind ist lange tot.
Die Mutter greift zu einem Trauerbot,

zum Haptik-Handschuh und zur VR-Brille
und simuliert den Abschied, der ihr blüht,
und lässt das Kind nicht los, das sie nur sieht.
Sag, weißt du, was er will, mein letzter Wille?

Der Deadbot fragt, warum wir endlich sind.
Von nebenan schreit durch die Wand das Kind.
Du kannst zu keinem Dienst auf Erden taugen,

weil dich die Schönheit angeschaut mit Augen.
Zur Form fehlts der Maschine wohl am Glauben
und jede Regel gilt selbst, wenn sie spinnt.

6
Die Welt ist nicht mehr da. Die Stimme nur.
Der Wald ist fort. Der Vogel aufgezeichnet.
Du hörst das Kupfer, die bewegte Spule.
Das Singuläre ist die Totenspur.

Fass an die Spule. Fühl die Vibrationen.
Ich kann die tote Sprache zittern hören
an Gittern, Gärten. Die Informationen
hat man dir an den Federn ausgelesen.

Und was der ausgestorben Vogel sang:
Es ist noch da. Auf dieser Datenbank.
Ist alles da, was du noch hören kannst?

Die Frage ist die reinste Übersteigung.
Vielleicht zeigt sich dein Vogel in der Neigung,
nur Klang zu sein. Es bleibt die alte Angst.

Sylvia Geist

Was immer ich suche, gebraucht die Maschine, solange
ich mir gestatte, herrlich am Nutzen statt entronnen zu sein.
Selbst das Zögern der Hand, mit der ich nichts verlange,
fügt sie meinem Bild hinzu, reiner Input ist ihr mein *Nein*.

Überall bleib ich zurück hinter ihr, die meinen Alltag sortiert,
verwöhnt und vom Spieltrieb verödet, ein Abrieb – entgeistert –
verzauberten Wegseins, wo sie mich nachts als Letzte berührt
und ausliest, noch eine Zeile des Quellcodes, die sie bemeistert.

Ich aber baue, indem ich sie nähre und öle
kraft meiner ganzen vergötterten Evolution,
in Wahrheit am Über-Leben, das in der Höhle

mein Schatten führt, bleibe bebende Traumfabrik.
Trojanerin, Antrieb, auch leise Abrasion
ist mein Atmen, ein Wundern wie Musik.

Henning Ziebritzki

Vilhelm Hammershøi, Interior of the Great Hall in Lindegaarden, 1909

Die zermürbende Fahrt, die Staus an der engen Grenze, vor Basel
noch in den Knochen, im Gedränge bleibe ich stehen vor Dielen-
boden, der schwankt wie mein innerer Mensch. An der Decke,
den Wänden Stuckformen ohne Gegenstand, elegante Schnörkelrede
an eine Gesellschaft, die verschwunden ist, nicht wiederkommt.
Eine Flügeltür, geschlossen, eine Ädikula, leer, die kleinere Tür halb
in ein Zimmer geöffnet, in das Licht fällt: ein gleißender Spalt
zwischen Rahmen und Blatt. Du empfindest das als übertrieben, das Grau
zu düster. Im Weitergehen liest du aus dem Katalog vor, wie der Maler
die Frau sah, in welche Rolle sie gezwängt wird. Von der verhaltenen,
leisesten Stimme wieder berührt, frage ich mich, wie das war
mit dem Entkommen ins Unbrauchbare, den x Stellen, die Anfang,
die Zögern sind. Da drehst du dich zurück nach dem riesigen, freien
Tanzsaal – unfaßbarster Raum, der nach Antwort des Körpers ruft.

XXIX

STILLER Freund der vielen Fernen, fühle,
wie dein Atem noch den Raum vermehrt.
Im Gebälk der finstern Glockenstühle
laß dich läuten. Das, was an dir zehrt,

wird ein Starkes über dieser Nahrung.
Geh in der Verwandlung aus und ein.
Was ist deine leidendste Erfahrung?
Ist dir Trinken bitter, werde Wein.

Sei in dieser Nacht aus Übermaß
Zauberkraft am Kreuzweg deiner Sinne,
ihrer seltsamen Begegnung Sinn.

Und wenn dich das Irdische vergaß,
zu der stillen Erde sag: Ich rinne.
Zu dem raschen Wasser sprich: Ich bin.

Birgit Kreipe

läuten in tulpen

tulpen, uneitel. frühjahr für frühjahr
verlässlich wie kehrverse
farbreiche

oder vielleicht atemzüge. glocken, die gelb- und rotläuten
im garten, und duft

ach, hysterien. *folies*. gläser, langstielig
leuchter, ihr flammen

und tassen voll mitgefühl, duft
                    durch graubraune krumen gereicht
erde, die staubige monde birgt, abends
wieder in dunkelheit treibt, mondgarten wird.
                              die blumen läuten
die kürze unseres sommers macht uns nichts aus

          während
es-in-mir, dieses unverstandene reich
ein bleierner frühling ist, dessen verschossene farben zurücksinken
untotes und unsterbliches –
es wohnt ja sogar ein rest finsternis im unheimlichen riss der mauer

archiv von niederlagen, eine so endlos
dass selbst ich über das selbst hinweg marschiert.

eine biene schwebt, unbewegt
und dann irre flugbahn, als schreibe sie wild in die luft
ich kann ihre schrift nicht lesen …
… aber echtes licht. kühlen.
duft, aus der erde gewachsen. tulpen, verlässlich
wie kehrverse.
und wie denken über sanfte zungengewölbe gleitet
so steigen wörter auch in mir

und ich höre, wie sie
verborgene stimmen verstärken … aber ich glaube, es sind ihre
stimmen!

zwischen spiräen und fleckenblumen
noch im verblühen
geben die tulpen mich nicht verloren.

Aus: **CHRISTUS. ELF VISIONEN**

VENEDIG

DIE junge Nacht liegt wie ein kühler Duft
auf dem Canal, und grauer nun und greiser
sind die Paläste und die Gondeln leiser,
als führte jede einen toten Kaiser
in seine Gruft.
Und viele fahren, aber eine schwenkt
jetzt scheu und ängstlich in die tiefsten Gassen,
weil tiefste Liebe oder tiefstes Hassen
ihr Steuer lenkt.
Vor einem Marmorhaus mit staubger Zier
drängt sie sich horchend an die Wappenpfähle.
Und lange ruhte keine Gondel hier.
Die Stufen warten. – Fern aus heller Kehle
am Canal grande singt ein Gondolier,
und suchend irrt sein Lied durch die Kanäle.
Der Fremde steht und trinkt den Klang voll Gier,
in lauter Lauschen löst sich seine Seele:
Vorrei morir ...

Der Abend zog vorbei am Erdgeschoß
des Dogenhofs, und die Reflexe rannten
hin wie ein Schwarm von wunden Flagellanten.
Er aber stand so einsam ernst und groß
am Fuß der stolzen Treppe der Giganten,
und seiner Blicke dunkle Bogen spannten
sich nach dem Fenster, dessen Flächen brannten:
sie heißen es das Fenster Pellico's.
Er nickte leise, so als stände jener
noch dort, der einst in ewig öder Haft
ergeben wie ein echter Nazarener
verzichtete auf Zorn und Kampf und Kraft.

Vielleicht giebt er den Gruß zurück und rafft
des Vorhangs Falten. Wenn noch seinen Namen
Verliebte, <die> des Wegs vorüberkamen,
zusammenträumen mit den Sündendramen,
erschien er hoch im heißen Fensterrahmen,
er lächelte das Lächeln einer zahmen
in Fesseln müd gewordnen Leidenschaft. –
Und jener unten lächelte es mit.
Dann stieg er stufenan mit scheuem Schritt
und stand oft still, im vollen Abendscheine,
drin die Arkaden, wie versteinte Haine,
zu harren schienen, daß er sie durchweine,
so traurig war er; denn es war der Eine,
der immer dankte, wenn er sprach: ich litt.
Sein Haupt war schwer, und schweren Fußes ging
er in die leeren Marmorbogengänge,
an denen wie vergessenes Gepränge
der rote, raschverwelkte Abend hing.
Ihn fröstelte, und hastig ward sein Schreiten,
das bang erklang im hallend langen Gang.
Vor seiner eignen Lehre war ihm bang:
vor jener Lehre der Vergänglichkeiten.
Sie wuchs um ihn in säulenstarrem Hohne:
so wächst der Zorn dem rachegieren Sohne,
der aus des greisen Vaters feiger Frohne
zu eignem Wort und eignem Weh sich wand.
Er lief zuletzt. Und wie gerettet stand
er endlich still auf einsamem Balkone
und lauschte, was in langem, leisem Tone
die matte Woge sang dem Abendland.

Da knistert neben ihm ein Schleppgewand:
und bei ihm kniet in hoher Mützenkrone
mit weißem Bart ein purpurner Patrone,
und leise faltet sich die Hand zur Hand.
Und Jesus nickt und fragt den alten Mann:
»Schwarz ist der Hafen. Wo sind eure Feste?
Giebts keine Gäste mehr? An die Paläste
legt niemals mehr der bunte Jubel an?
Ich warte schon so lange, wo sind sie
die mich verehrt, die wundersamen Alten
mit Silberbärten, lang und tiefgespalten –
die Vendramin und Papadopoli.
Ich weiß: die Nacht bewohnt in euren kalten
Palästen jetzt das beste Prunkgemach.
Denn ihr seid lang gestorben, und den Jungen
ist Lied und Lachen gar so bald verklungen
in einer Zeit, die nur mit Eisen sprach.
Jetzt sind die Gassen alle kalt und und brach,
und Trauer nur, in halbem Traum gesungen,
langt oft den flüchtenden Erinnerungen
aus einem engen grauen Hause nach.
Von keinem Lande wissen eure Stufen,
und alles kam, wie es die Vorsicht will.
Der Hochmut hohe Häuser starben still,
und nur die Kirchen dauern noch und rufen.«
»Ja, Herr«, spricht jetzt der Doge und entfaltet
die Hände nicht. »Des Todes Ohnmacht waltet
mit tausend tiefen Schauern über uns.
Und deine Glocken locken lauten Munds.
Du giebst noch immer große, reiche Feste
und machst, daß deine gernbereiten Gäste
in deinen Hallen Elend und Gebreste
vergessen und wie Kinder selig sind.
Und jedes Volk, das gerne noch als Kind

sich fühlen mag, folgt in die Prachtpaläste
die du ihm aufgetan und betet blind.
Doch ich bin alt. Ich seh die Zeiten rollen
bis in den Tag, da keine Völker mehr
wie Kinder sein und Kinder spielen wollen;
denn mögen alle deine Glocken grollen,
dann bleibt auch dein Palast für ewig leer.«
Der Alte schwieg. Wie betend blieb er knien.
Sternknospen sprangen an den Himmelsachsen.
Und dieses Knien schien weit hinauszuwachsen
vorbei an Christo und weit über ihn …

Artur Becker

Venedig

1
Die Nacht macht sich breit im *Canal Grande*
so plötzlich wie ein eiskalter Duft, und die Palazzi
leiden, so alt und gebrechlich, wie sie sind,
aber die Gondeln, so festlich still, angeln sich am liebsten
gleich ein paar Särge, aber mit toten Promis
oder Popstars, um sie zu ihren eitlen Gräbern zu bringen.
Und so viele sind auch schon unterwegs,
nur eine fällt aus der Reihe –
so schrecklich verunsichert, verängstigt biegt sie ab
in einen der engen Kanäle, wird sie doch dirigiert
von Liebe oder Hass in dieser Enge.
Aber ein Marmorpalazzo voller staubiger Ornamentik
bringt sie zum Stehen, dort reibt sie sich erwartungsvoll
an den Holzpfählen, als legte sie hellhörig
vor einem Totem an.
Und eine Gondel wurde hier schon lange
nicht mehr gesichtet, doch die Treppen, halb im Wasser,

sind geduldig – und jeder hört sie schon von Weitem:
die Techno-und-Deep-House-Bässe voller Fun, mega!,
wie sie am *Canal Grande* abbiegen – in die engen Kanäle.
Ein Tourist bleibt stehen und löscht
seinen Durst: mit diesem Mix – *vorrei morir* …,
sagt ihm dann seine Seele, kann sie doch endlich
richtig loslegen, *superb, I like it*.

2
Dann endete dieser Abend urplötzlich – aber im Innenhof
des Dogenpalastes, wo das Licht verrücktspielte:
mit all seinen düsteren Projektionen, als käme einem entgegen
eine irre Horde linksautonomer Sturmmasken.
Und siehe da – in dieser Lightshow trat auch er auf:
in seiner ganzen Einsamkeit und Größe setzte er sich
auf die ehrwürdige Treppe der Renegaten, Dissidenten
und Ochsen, und seine Blicke, unerwartet finster, richteten sich
auf einmal auf das von Flammen vergitterte *finestre*,
das man hier in *Roberto Sabatinis Window* umbenannte.
Und, sichtlich gelangweilt, grüßte er alle Besucher,
und auch denjenigen, der abwesend war und doch da,
obwohl jener auf seiner selbstgewählten Flucht
den Kopf nie in den Sand steckte, nie den Schwanz einzog,
weil er ein echter Bulldozer war – nicht bloß ein *scrittore*:
Und vielleicht mochte er sich dennoch endlich zeigen,
den Vorhang lüften, zurückgrüßen? Auch wenn all die Touristen
und Liebespaare, die auf einen Sprung vorbeikamen, nichts
bemerkten, aber den Namen des Nazareners immer noch kannten,
und auch die süße Kraft der Sünde, obwohl er – wie immer –
in einem Bilderrahmen gefangensteckte: obwohl sein Lächeln
niemanden mehr aufleben ließ, ja, nicht einmal interessierte,
nicht einmal den Typen da unten, der zu seinem Bild hinaufschaute.
Dann richtete er sich endlich auf und nahm sich die Treppe vor,
müden Schrittes, und machte auf den Stufen Pausen, als wollte er

der Kakofonie um ihn herum trotzen, den touristischen Sprachen.
Und in der Lightshow des Abends, zwischen all den Arkaden,
den Kolumnen und Türrahmen kam er sich verloren vor,
und er wusste, dass niemand mehr ihm glauben würde,
weder seinen Tränen noch seiner traurigen Stimme, wenn er
plötzlich anfinge, zu ihnen zu sprechen, wie er es all die
Jahrhunderte gewohnt war: »Ich leide doch,
ihr *fkn* Ignoranten!« Sein Kopf tat ihm höllisch weh,
seine Füße wollten ihm nicht gehorchen, aber er folgte
dem Ruf des Marmors, denn dort in den Bogen- und
Kreuzgängen war er stets zu Hause, dort, wo die Abende
keinen Klimawandel kannten, in der Röte glückselig starben.
Ihm war bloß kalt, und dann ging er hastig los und
staunte über den nervtötenden Hall seiner eigenen Schritte
in diesem elend langen Gang.
Und da wurde ihm blitzartig klar, vor wem er wegrannte:
vor sich selbst, vor seinen eigenen Predigten,
vor dem übermenschlichen Berg seiner eigenen Lehre,
die ihm mit einem Mal so dumm, so altbacken erschien,
handelte sie doch nur vom Vergehen und Sterben,
machte sie ihn doch zur Geisel der Vergänglichkeit,
hatte sie doch nichts mehr zu bieten – außer Spott
für den wiss- und rachgierigen Sohn.
Und jetzt blieb ihm nichts anderes übrig, als zu fliehen:
vor seinem menschen- und freudsüchtigen Vater,
den er im Wort für Wort nie wieder sprechen und
nachahmen wollte. Er rannte wieder los, jetzt aber
als der Gerettete, der auf einem abgelegenen Balkon
das fand, was ihm eigentlich für immer versagt bleiben
sollte: die Freiheit. Und plötzlich fiel es ihm leicht,
den leisen Tönen zu lauschen, den Ball flachzuhalten,
den erprobten Namen für Leid oder Glück zu misstrauen,
die braunen Krawatten zu hassen, mochte Europa auch
wieder einmal abdriften: auf matten Wogen der Selbstsucht.

3

Du kriegst schon einen elektrischen Schlag,
sobald du einen dieser aufgeladenen Anzüge triffst,
am Handgelenk eine *Patek Philippe* oder *Rolex*,
im Jachthafen ein purpurnes Boot und ein Dinner
für einen guten Zweck – der alte Knacker gibt sich Mühe,
sein TV-Sender ist dabei, während er die Hand
zur Begrüßung ausstreckt wie ein Nachbar von nebenan,
ist doch alles nur eine Fernsehshow: *Striscia la notizia*,
vergoldete Girls und Schweine, da darf auch der Nazarener
nicht fehlen, aus guten Gründen; und er nickt leise
und fragt den alten Knacker: »Wie sind heute die Preise?
Warum gibt's so viele Feste? Und im Hafen so viele nackte Beine?
Wer kauft nun die Palazzi? Immer noch die russischen Bajazzi?
Und warum jubelt ihr ständig, als wäre nichts gewesen?
Und niemand spricht mich an, niemand schreit ›Hilfe!‹
Niemand schmeißt sich auf den Boden – vor meine Füße,
ich warte doch, bin bereit, kann Wunder tun oder es auch
sein lassen! Wo sind die Bezoses und Musks und all die anderen?
Oder auch nur die Professoren und Meister der Dialektik?
Tiefgespaltene Hirne, tiefgespaltene Schreibtische und
Bänke in den Gerichten und Parlamenten? Was ist los,
sage es mir! Ok, ich weiß: nicht einmal der Klimawandel
kann euch stoppen, obwohl ihr längst nicht mehr existiert,
ihr Toten, denn in euren Palazzi nimmt doch die Winternacht
kein Ende, ihr merkt es aber nicht, nicht einmal dann,
wenn die schönen Zwanzigjährigen an der Front fallen,
in Gaza und in der Ukraine vergeht ihnen das Lachen,
denn eure Adern und Kanäle sind so kalt geworden
wie Hühnersülze, euer Gedächtnis ist vor die Hunde
gegangen: Wer erinnert sich noch daran, was unsere
Kirchen einst bedeuteten? Heute sind das bloß Attrappen
des Glaubens, im besten Fall Konzertsäle oder Museen
wie unsere *Santa Maria Gloriosa dei Frari* in *San Polo*,

Tizian wollen sie alle besuchen und studieren – und nicht
unsere Heilige Jungfrau, unsere Mutter aller Mütter!
Oder glaubt ihr wirklich, ich sei ein schlechter Showmaster
und sollte wie ihr ein Immobilienmakler werden?«
»Nazarener, vom Business hast du noch nie was verstanden«,
spricht jetzt der alte Knacker. »Und als Showmaster bist du
zwar gut, aber nicht exzellent, eher durchschnittlich, Gesäusel
auf hohem Niveau. Denn während du vor dich hin so geredet
und geredet hast: ohne Sinn und Verstand, habe ich schon zwölf
Millionen Euro verdient, *capito*? Und wir lassen uns vom Tod
nicht mehr verar… Auch nicht von deinen grässlichen Glocken –
die will doch niemand mehr hören: Du musst sie amüsieren
und nicht einschüchtern und verängstigen, sie wollen leben,
capito? Kein Wunder, dass du so einsam und vergrämt bist,
in deinem Palazzo der Staub und die Depressionen regieren –
geh duschen, fahr zur Kur, lass dich operieren, plastisch
liften, philosophisch coachen, und dann lass sie alle
blechen: für deine Dienste, mach ihnen Versprechungen,
aber keine Angst mehr – Kinder sollen Kinder bleiben!
Lass sie spielen und jedes Mal gewinnen, *capito*?«
So ein alter Knacker – damit hat der Nazarener nicht
gerechnet: und das unverschämte Schweigen zum Abschied,
kein Respekt, nicht einmal ein sanftes Niederknien,
und dann noch dieses abrupte Wegschauen – der Blick
in den Terminkalender, als hätte das Gespräch gar nicht
stattgefunden, als wären Sterne keine Patronen des Universums,
sondern dumme Lichterketten an Weihnachtsbäumen.
Du gemeiner Kerl, du hinausgewachsene Welt –
vorbei an mir und weit über mich …

Venedig, 26.–29. August 2024

Aus: **GEDICHTE 1906 BIS 1926**
NÄCHTLICHER GANG

NICHTS ist vergleichbar. Denn was ist nicht ganz
mit sich allein und was je auszusagen;
wir nennen nichts, wir dürfen nur ertragen
und uns verständigen, daß da ein Glanz
und dort ein Blick vielleicht uns so gestreift
als wäre grade *das* darin gelebt
was unser Leben ist. Wer widerstrebt
dem wird nicht Welt. Und wer zuviel begreift
dem geht das Ewige vorbei. Zuweilen
in solchen großen Nächten sind wir wie
außer Gefahr, in gleichen leichten Teilen
den Sternen ausgeteilt. Wie drängen sie.

Kathrin Schmidt

tägliche fahrt

alles vergleichen. denn was ist nicht halb
mit anderm eins und was je einzusaugen;
wir kennen alles; müssen kaum was taugen
und tun verständnislos, dass da ein falb
gewandeter, dort dessen schwester schaut
als wäre nichts in ihrem blick gelebt
wie's in uns ist. und auf uns zugestrebt
ist cool, was welt und halbwelt war. gestaut,
wird jetziges in alten schleifen stecken.
an solchen kleinen tagen fahrn wir hie
und da in die gefahr, in offnen säcken
den erden zugeteilt. wir mengen sie.

DIE LIEBENDEN

SIEH, wie sie zu einander erwachsen:
in ihren Adern wird alles Geist.
Ihre Gestalten beben wie Achsen,
um die es heiß und hinreißend kreist.
Dürstende, und sie bekommen zu trinken,
Wache und sieh: sie bekommen zu sehn.
Laß sie ineinander sinken,
um einander zu überstehn.

Henning Ziebritzki
Socken

Es ist das Villenviertel in Dunkel und Tunnelstinken.
Die Röhre, unverbunden, kurz, gehört ihnen. Tageslicht
fällt von beiden Seiten bis zum Lager, eine dicke, weiche Schicht,
auf der sie, Arm um Schulter, Ellbogen auf Knie, ineinander sinken.
Sein Kiefer von einem Hammer zerschlagen,
sie sehbehindert – er ist ihr Auge, sie sein Mund.
Ihre Gestalten beben. Ein Güterzug wummert auf dem Grund
ihrer Adern, bald leer, bald voller Amphetamine, die ein Logo tragen.
Sieh: Auf seinen erdigen Zehen weißer Schimmel, wie Laugenschaum,
vom Hotelabwasser. Er prüft das mit einer Lupe, angestrengt von dem,
was er sieht.
Sie will ihm Socken stricken, aber in der Kühlbox haust
ein Dämon, der Nadeln und Wolle jedes Mal, wenn sie zugreift, wegzieht.
Socken und gute Schuhe, die helfen dem Geist, nicht verloren zu gehen.
Es soll Starkregen geben. Soll er kommen.

LIED

DU, der ichs nicht sage, daß ich bei Nacht
weinend liege,
deren Wesen mich müde macht
wie eine Wiege.
Du, die mir nicht sagt, wenn sie wacht
meinetwillen:
wie, wenn wir diese Pracht
ohne zu stillen
in uns ertrügen?
– – – – – –
Sieh dir die Liebenden an,
wenn erst das Bekennen begann,
wie bald sie lügen.
– – – – – –
Du machst mich allein. Dich einzig kann ich vertauschen.
Eine Weile bist dus, dann wieder ist es das Rauschen,
oder es ist ein Duft ohne Rest.
Ach, in den Armen hab ich sie alle verloren,
du nur, du wirst immer wieder geboren:
weil ich niemals dich anhielt, halt ich dich fest.

Sabine Schiffner

alleine

und draußen schreit der kauz
und wir sind wieder in deià
du schläfst ich rieche dich
du schläfst ich rücke weil du
das nicht magst nicht an
dich ran
ich liege mit geschlossenen augen da
und draußen steht der

überhelle mond der tramuntana
einsam und groß da
warum weinst du bloß fragt er
und wischt weil er das glitzern
sieht
meine tränen fort

er ist dabei ganz leis damit der mir zur seite
liegt nur nicht erwacht
in dunkler nacht hör ich den
kauz das hört sich an als wollte
er mich auslachen
ich bin schon lange wach und öffne meine augen
da ist auf einmal alles fort auch dein
geruch dein körper und
auch ich die glücklich zu sein meinte
in all den jahren in deià
in denen ich nachts bei dir lag
und heimlich weinte

ACH, da wir Hülfe von Menschen erharrten: stiegen
Engel lautlos mit einem Schritte hinüber
über das liegende Herz

Tom Schulz

Käme ein Nachtrupp fremder Wesen, engelsgleich
spendete uns den Aschesegen?
Unsicher stehen wir auf den Herzen der Freunde

(Ach, da wir Hülfe von Menschen erharrten …)

DIE SPANISCHE TRILOGIE

<III>

DASS mir doch, wenn ich wieder der Städte Gedräng
und verwickelten Lärmknäul und die
Wirrsal des Fahrzeugs um mich habe, einzeln,
daß mir doch über das dichte Getrieb
Himmel erinnerte und der erdige Bergrand,
den von drüben heimwärts die Herde betrat.
Steinig sei mir zu Mut
und das Tagwerk des Hirten scheine mir möglich,
wie er einhergeht und bräunt und mit messendem Steinwurf
seine Herde besäumt, wo sie sich ausfranst.
Langsamen Schrittes, nicht leicht, nachdenklichen Körpers,
aber im Stehn ist er herrlich. Noch immer dürfte ein Gott
heimlich in diese Gestalt und würde nicht minder.
Abwechselnd weilt er und zieht, wie selber der Tag,
und Schatten der Wolken
durchgehn ihn, als dächte der Raum
langsam Gedanken für ihn.

Sei er wer immer für euch. Wie das wehende Nachtlicht
in den Mantel der Lampe stell ich mich innen in ihn.
Ein Schein wird ruhig. Der Tod
fände sich reiner zurecht.

Jan Röhnert

Heimleuchten

Vor den Toren Leipzigs machten die Radbagger Halt:
Espenhain Belgershain Böhlen Profen Zeitz.

So hohl die Erde darunter, dass bei Predel, Podewig
die Kirchtürme zu windschiefen Kulissen gestaucht.

Wer auch wusste es besser als wir: wenn
wir zurückkamen aus diesem schrägen Revier

mit dem Wartburg 353, zur Linde am Tor,
unterkellerter Erlbach, morscher Mühlhof vis-à-vis,

fühlten wir, bei Anbruch der Dämmerung, uns heim-
geleuchtet, *wie selber der Tag*, ein-

gekehrt in den Steinbruch, Arena hinter dem Haus,
der erdige Bergrand, der solange ich denken konnte

nichts als Steinbruch gewesen war,
Freiluftkino des Heimleuchtens, die Wand

jenseits *der Städte Gedräng*, in deren Schatten
abgetaucht ich mich verlor, zwischen Ahorn,

Holunder, Hartriegelgehölz, Sekundärbiotop
nach der letzten Sprengung, dem letzten Felssturz

wie dort in der Ebene das Neuseenland
mir waren Bunker, Kletterwege, Stiege nah

die keiner sonst suchte und sah, statt
verwickelten Lärmknäuel die Takte der Eisenbahn

von seinen Rändern her, von oben das Rauschen
der Autobahn, der vier Winde, die nach draußen

in alle Welt führten oder auf den Berg,
der Welt mir bedeutet, mit der kleinen Herde

manchmal auf der Trift, die zwischen den Gräsern
bis an den Rand der Apfelbäume

sich ausfranst, als erschiene *das Tagwerk des Hirten*
mir möglich, als läse ich in Idyllen

für einen Nachmittag: *Steinig*
sei mir zu Mut. Abwechselnd weilt er und zieht

hier also, wo die Füße Grund spüren
wie die Wurzel des Walnussbaums

und dort *die Wirrsal des Fahrzeugs um mich*
– aber Arbeit ist Wachsen und Raum geben

zum Wachsen, Arbeit an dem, was wild ohnehin
geschieht. Arbeit ist immer wieder zurückkommen

darauf, langsamen Schrittes tun, als dächte der Raum
uns den Gedanken an Landschaft voraus:

Du musst ihn nur aufgreifen, aufschreiben
ist Arbeit wie einen Baum pflanzen, pflegen

bis es zu treiben beginnt. Das ist der Sinn
des Ortes, dem manchmal fast gelblichen Sandstein,

immer warm, immer transparent in der Sonne,
ruhig in seinem Schein, seinem Heimleuchten im Hintergrund

und Schatten der Wolken durchgehn ihn
und mich, als fände an diesem Bergrand

das Leben *sich reiner zurecht*.

WINTERLICHE STANZEN

NUN sollen wir versagte Tage lange
ertragen in des Widerstandes Rinde;
uns immer wehrend, nimmer an der Wange
das Tiefe fühlend aufgetaner Winde.
Die Nacht ist stark, doch von so fernem Gange,
die schwache Lampe überredet linde.
Laß dichs getrösten: Frost und Harsch bereiten
die Spannung künftiger Empfänglichkeiten.

Hast du denn ganz die Rosen ausempfunden
vergangnen Sommers? Fühle, überlege:
das Ausgeruhte reiner Morgenstunden,
den leichten Gang in spinnverwebte Wege?
Stürze in dich nieder, rüttele, errege
die liebe Lust: sie ist in dich verschwunden.
Und wenn du eins gewahrst, das dir entgangen,
sei froh, es ganz von vorne anzufangen.

Vielleicht ein Glanz von Tauben, welche kreisten,
ein Vogelanklang, halb wie ein Verdacht,
ein Blumenblick (man übersieht die meisten),
ein duftendes Vermuten vor der Nacht.
Natur ist göttlich voll; wer kann sie leisten,
wenn ihn ein Gott nicht so natürlich macht.
Denn wer sie innen, wie sie drängt, empfände,
verhielte sich, erfüllt, in seine Hände.

Verhielte sich wie Übermaß und Menge
und hoffte nicht noch Neues zu empfangen,
verhielte sich wie Übermaß und Menge
und meinte nicht, es sei ihm was entgangen,
verhielte sich wie Übermaß und Menge
mit maßlos übertroffenem Verlangen
und staunte nur noch, daß er dies ertrüge:
die schwankende, gewaltige Genüge.

Yoko Tawada

12 Haiku nach »Winterliche Stanzen« von Rainer Maria Rilke

Verbockt im Sommer
Die Borke schweigt wie dein Herz
einen Winter lang

Niemals kann der Wind
Tiefe in dir erreichen
Selbst als Blüten nicht

Rinde der Sturheit
Doch der Abend erweicht sie
durch ein schwaches Licht

Kälte spannt ein Netz
aus Schnee und Frost, um fernen
Frühling zu fangen

Den Sommer restlos
ausgekostet dennoch bleibt
Rose unberührt

Hitze schläft in dir
Red' sie an, rüttel' sie wach,
schamloser Winter

Altes Spinnennetz!
Wird Eros mit Sex-Beinen
beiläufig befreit?

Fort ist sie! Flüchtig
wie Jahreszeit. Du fängst an
wieder von vorne

Ein Verdacht blitzt im
Himmel der Täubchen. Scharfe
Augen der Blüten

Hände des Winters
kneten dich zur Kreatur
Erlöst und erfüllt

Übermaß an Nichts
Die Natur ist irdisch leer
Du tust so als ob

Wollust im Winter!
Im Überfluss verpasst du
Nichts außer dich selbst

FÜNF GESÄNGE

August 1914

I

ZUM ersten Mal seh ich dich aufstehn
hörengesagter fernster unglaublicher Kriegs-Gott.
Wie so dicht zwischen die friedliche Frucht
furchtbares Handeln gesät war, plötzlich erwachsenes.
Gestern war es noch klein, bedurfte der Nahrung, mannshoch
steht es schon da: morgen
überwächst es den Mann. Denn der glühende Gott
reißt mit Einem das Wachstum
aus dem wurzelnden Volk, und die Ernte beginnt.
Menschlich hebt sich das Feld ins Menschengewitter. Der Sommer
bleibt überholt zurück unter den Spielen der Flur.
Kinder bleiben, die spielenden, Greise, gedenkende,
und die vertrauenden Frauen. Blühender Linden
rührender Ruch durchtränkt den gemeinsamen Abschied
und für Jahre hinaus behält es Bedeutung
diesen zu atmen, diesen erfüllten Geruch.
Bräute gehen erwählter: als hätte nicht Einer
sich zu ihnen entschlossen, sondern das ganze
Volk sie zu fühlen bestimmt. Mit langsam ermessendem Blick
umfangen die Knaben den Jüngling, der schon hineinreicht
in die gewagtere Zukunft: ihn, der noch eben
hundert Stimmen vernahm, unwissend, welche im Recht sei,
wie erleichtert ihn jetzt der einige Ruf; denn *was*
wäre nicht Willkür neben der frohen, neben der sicheren Not?
Endlich ein Gott. Da wir den friedlichen oft
nicht mehr ergriffen, ergreift uns plötzlich der Schlacht-Gott,
schleudert den Brand: und über dem Herzen voll Heimat
schreit, den er donnernd bewohnt, sein rötlicher Himmel.

II

HEIL mir, daß ich Ergriffene sehe. Schon lange
war uns das Schauspiel nicht wahr
und das erfundene Bild sprach nicht entscheidend uns an.
Geliebte, nun redet wie ein Seher die Zeit
blind, aus dem ältesten Geist.
Hört. Noch hörtet ihrs nie. Jetzt seid ihr die Bäume,
die die gewaltige Luft lauter und lauter durchrauscht;
über die ebenen Jahre stürmt sie herüber
aus der Väter Gefühl, aus höheren Taten, vom hohen
Heldengebirg, das nächstens im Neuschnee
eures freudigen Ruhms reiner, näher erglänzt.
Wie verwandelt sich nun die lebendige Landschaft: es wandert
würziger Jungwald dahin und ältere Stämme,
und das kürzliche Reis biegt sich den Ziehenden nach.
Einmal schon, da ihr gebart, empfandet ihr Trennung, Mütter, –
empfindet auch wieder das Glück, daß ihr die Gebenden seid.
Gebt wie Unendliche, gebt. Seid diesen treibenden Tagen
eine reiche Natur. Segnet die Söhne hinaus.
Und ihr Mädchen, gedenkt, daß sie euch lieben: in *solchen*
Herzen seid ihr gefühlt, so furchtbarer Andrang
ging, zur Milde verstellt, mit euch, Blumigen, um.
Vorsicht hielt euch zurück, nun dürft ihr unendlicher lieben,
sagenhaft Liebende sein wie die Mädchen der Vorzeit:
daß die Hoffende steht wie im hoffenden Garten;
daß die Weinende weint wie im Sternbild, das hoch
nach einer Weinenden heißt ....
....

III

SEIT drei Tagen, was ists? Sing ich wirklich das Schrecknis,
wirklich den Gott, den ich als einen der frühern
nur noch erinnernden Götter ferne bewundernd geglaubt?
Wie ein vulkanischer Berg lag er im Weiten. Manchmal
flammend. Manchmal im Rauch. Traurig und göttlich.
Nur eine nahe vielleicht, ihm anliegende Ortschaft
bebte. Wir aber hoben die heile
Leyer anderen zu: welchen kommenden Göttern?
Und nun aufstand er: steht: höher
als stehende Türme, höher
als die geatmete Luft unseres sonstigen Tags.
Steht. Übersteht. Und wir? Glühen in Eines zusammen,
in ein neues Geschöpf, das er tödlich belebt.
So auch *bin* ich nicht mehr; aus dem gemeinsamen Herzen
schlägt das meine den Schlag, und der gemeinsame Mund
bricht den meinigen auf.

Dennoch, es heult bei Nacht wie die Sirenen der Schiffe
in mir das Fragende, heult nach dem Weg, dem Weg.
Sieht ihn oben der Gott, hoch von der Schulter? Lodert
er als Leuchtturm hinaus einer ringenden Zukunft,
die uns lange gesucht? Ist er ein Wissender? *Kann*
er ein Wissender sein, dieser reißende Gott?
Da er doch alles Gewußte zerstört. Das lange, das liebreich,
unser vertraulich Gewußtes. Nun liegen die Häuser
nur noch wie Trümmer umher seines Tempels. Im Aufstehn
stieß er ihn höhnisch von sich und steht in die Himmel.

Eben noch Himmel des Sommers. Sommerhimmel. Des Sommers
innige Himmel über den Bäumen und uns.
Jetzt: wer fühlt, wer erkennt ihre unendliche Hütung
über den Wiesen? Wer
starrte nicht fremdlings hinein?

Andere sind wir, ins Gleiche Geänderte: jedem
sprang in die plötzlich
nicht mehr seinige Brust meteorisch ein Herz.
Heiß, ein eisernes Herz aus eisernem Weltall.

IV

UNSER älteres Herz, ihr Freunde, wer vordenkts,
jenes vertraute, das uns noch gestern bewegt,
unwiederbringliche? Keiner
fühlt es wieder zurück, kein dann noch Seiender
hinter der hohen Verwandlung.

Denn ein Herz der Zeit, einer immer noch unauf-
gelebten Vorzeit älteres Herz
hat das nahe verdrängt, das langsam andere,
unser errungenes. Und nun
endiget, Freunde, das plötzlich
zugemutete Herz, braucht das gewaltsame auf!
Rühmend: denn immer wars rühmlich,
nicht in der Vorsicht einzelner Sorge zu sein, sondern in *einem*
wagenden Geiste, sondern in herrlich
gefühlter Gefahr, heilig gemeinsam. Gleich hoch
steht das Leben im Feld in den zahllosen Männern, und mitten
   in jedem
tritt ein gefürsteter Tod auf den erkühntesten Platz.
Aber im Rühmen, o Freunde, rühmet den Schmerz auch,
rühmt ohne Wehleid den Schmerz, daß wir die Künftigen nicht
waren, sondern verwandter
allem Vergangenen noch: rühmt es und klagt.
Sei euch die Klage nicht schmählich. Klaget. Wahr erst
wird das unkenntliche, das
keinem begreifliche Schicksal,
wenn ihr es maßlos beklagt und dennoch das maßlos,
dieses beklagteste, seht: wie ersehntes begeht.

V

AUF, und schreckt den schrecklichen Gott! Bestürzt ihn.
Kampf-Lust hat ihn vor Zeiten verwöhnt. Nun dränge der
Schmerz euch,
dränge ein neuer, verwunderter Kampf-Schmerz
euch seinem Zorne zuvor.
Wenn schon ein Blut euch bezwingt, ein hoch von den Vätern
kommendes Blut: so sei das Gemüt doch
immer noch euer. Ahmt nicht
Früherem nach, Einstigem. Prüfet,
ob ihr nicht Schmerz seid. Handelnder Schmerz. Der Schmerz hat
auch seine Jubel. O, und dann wirft sich die Fahne
über euch auf, im Wind, der vom Feind kommt!
Welche? Des Schmerzes. Die Fahne des Schmerzes. Das schwere
schlagende Schmerztuch. Jeder von euch hat sein schweißend
nothaft heißes Gesicht mit ihr getrocknet. Euer
aller Gesicht dringt dort zu Zügen zusamm.
Zügen der Zukunft vielleicht. Daß sich der Haß nicht
dauernd drin hielte. Sondern ein Staunen, sondern
entschlossener Schmerz,
sondern der herrliche Zorn, daß euch die Völker,
diese blinden umher, plötzlich im Einsehn gestört;
sie –, aus denen ihr ernst, wie aus Luft und aus Bergwerk,
Atem und Erde gewannt. Denn zu begreifen,
denn zu lernen und vieles in Ehren
innen zu halten, auch Fremdes, war euch gefühlter Beruf.
Nun seid ihr aufs Eigne wieder beschränkt. Doch größer
ist es geworden. Wenns auch nicht die Welt ist, bei weitem, –
nehmt es wie Welt! Und gebrauchts wie den Spiegel,
welcher die Sonne umfaßt und in sich die Sonne
wider die Irrenden kehrt. (Euer eigenes Irrn
brenne im schmerzhaften auf, im schrecklichen Herzen.)

Franzobel

Kriegfried Friedkrieg
Fünf Gesänge frei nach Rilke

I

Wie ein vom Navi in die Irre Geleitetes
Fährt zwischen lange gereifte Früchte
Ins Dicht des Friedens
Furchtbares
Mitten hinein als von allen nachgeplappert
Fruchtbares Narrativ
In die ach so Gute, ach so alte, kluge
Narrentiefe alte Kugelwelt
Gestern undenkbar, steht es heute
Mannshoch da
Als ausgewachsener Wirbel
Eines frühen Lüftchens unter der Haut
Verbläst und pfeift von Krieg
Und Sieg und Sieg
Und Menschen ins Menschengezitter
Fleisch ins Fleischgewitter, Panthergitter
Kreuz und Twitter
Kinder bleiben, spielende Greise, Frauen
Und für Generationen Bedeutung
Brave Bräute brüten für das ganze Volk
Bald Knaben zur gewagten Zukunft aus
Erleichtert ob der einen, letzten Wahrheit
Die aus hundert, tausend Stimmen, jetzt
Als einzige zu hören ist:
Heimatliebe. Jetzt
Hunderttausend
Ja Millionenfach.

II

Ergriffene, erfundene, KI-erdachte
Bilder machen gewaltig Wetter
Durchrauschen laut und lauter
Flache, als feig empfundene Jahre
Damit Standbymenschen habt Acht
»Nichts ist schlimmer, als ein ganzes
Leben lang vernünftig sein«
Stramm einmal sich wie Opa fühlen
Unter dem Helm im Heldengebirg
Hinter der Deko als Ordenszwirn
Im Hemd als tote Birn
Und Mütter, kaum geboren
Schon getrennt
Segnen ihre Söhne, schicken sie mit:
»Mein Lieblingsjoghurt gibt es nicht mehr«
»Ausländer essen unsere Haustiere«
»Es gibt zu viele Fliegen«
Und da wundern sich alle,
Dass ich für den Krieg bin?
Und Mädchen, nun dürft ihr endlich
Unendlich lieben, weinen
Wie ein junger Sternenhimmel
Nie mehr wieder Frieden.

III

Warum kann ein Fisch nicht
Durch den Wald spazieren?
Wer hat denn den Frieden gestohlen?
Kriegfried Friedkrieg junior
Samt Mischpoche
Besingen alle dieses Schrecknis
Das aus sicherer Distanz
Man reiche Popcorn

Bewundert wird?
Gibt es kein richtigeres Falsch?
Das nun aufsteht: höher, näher
Als geatmete Luft
Glüht zusammen in ein neues
Geschöpf, das tödlich belebt
Obacht und zu Befehl
Es heult bei Nacht
Es heult im Bunker
Heult nach dem Weg
Lodert hinaus als Schwarm:
Luftschutz, Luftschutzalarm
Den Lehrern geht der Rotstift aus
Drohnen, Raketen im Namen
Der alles Gewusste zerstört
Der Häuser zertrümmert
Der Leben zerkümmert
Himmel heißt Gerechtigkeit
Himmel heißt Verteidigung
Der Werte, die so anders
Als die Mittel sind
Als ob nie etwas gewesen wäre
Haus und Herbst und Nimmermehr
Wer fühlt noch, wer erkennt?
Man reiche Popcorn
Wer hat denn den Frieden gestohlen?
Kriegfried Friedkrieg junior
Samt Entourage
Hat andere ins Gleiche geändert
Ein eisernes Herz, aber gegendert.

IV

Unseren Schmerz gib uns heute
Keiner fühlt ihn wieder zurück
Beim Sterben sind wir alle lebendig
Aber im Leben sind wir tot
Richtig schlimm auf Kommando
Rühmend immer rühmlicher,
Dämlich immer dämlicher
Gefühlte Gefahr
Ein herrlich gefürsteter Tod
Meinungsforscher und Metrologen
Irren selten
Dass wir die Künftigen nicht
Waren, sondern Ausgeburten
Des Vergangenen, Überwundenen
Totgeglaubten
Die letzte Generation mit Fernseher
Gedruckten Zeitungen, Telefonanschluss
Einer Kindheit ohne Smartphone
Und einem schrecklich naiven
Glauben an den Frieden
Das keinem begreifliche Schicksal,
Maßlos, beklagt und ersehnt
Die Lücke, die wir hinterlassen
Wird uns mühelos ersetzen
Mit Neuen, die so sind wie
Auch wir geben unser Leid
Damit die Wahrheit wem gehört
Unseren Schmerz gib uns heute

V
Auf jetzt, schreckt den Zorn
Und die Vergeltungssucht
Toxisch alles wenn schon
Blut wenn schon
Wenn schon Gemüt weil
Wenn es draußen regnet
Selbst das Wort toxisch
Toxisch ist
Na wenn schon
Werden Zimmerpflanzen nicht gegossen
Dafür spazieren Fische durch
Das Zimmer jubelt Schmerz
Wirft sich in Fahne, Schale
Im Wind, der vom Feind spricht
Kriegfried Friedkrieg junior
Im richtig schlimm, das vom Feind
Kommt der Schmerz
Aus uns selbst
Ein schlagendes Märztuch
Klagendes Herzhuch
Ewiger Erzfluch
Hunderttausend Tote irren nicht
Hunderttausend Amputierte gehen nicht
Hunderttausend Blinde sehen Licht
Irre. Nicht?
Nothaft heiße Gesichter
Heiße Kollateral, heiße Kastanien
Heiße Ernst, heiße Korporal
Heiße überall, heiße Gefangene
Heiße Wörter, Worte
Werden nicht gemacht
Wie die Luft aus einem Bergwerk,
Ein Spiegel, der die Welt umfasst

Und die Sonne sagt absolutistisch
Männer, ihr seid richtig
Richtig schlimm
Und wenn ihr so weitermacht
Seid ihr bald dahin und dort
Wo Fische durch den Wald spazieren
Und Kriegfried Friedkrieg lacht.

Brigitte Oleschinski

Rilke Cringe

I RILKE INVERSION

1914 August
Gesänge fünf | 1

Himmel rötlicher sein, bewohnt donnernd er den, schreit
Heimat voll Herzen dem über und: Brand den schleudert,
Schlacht-Gott der plötzlich uns ergreift, ergriffen mehr nicht
oft friedlichen den wir da. Gott ein Endlich?
Not sicheren der neben, frohen der neben Willkür nicht wäre
was denn; Ruf einige der jetzt ihn erleichtert wie,
sei Recht im welche, unwissend, vernahm Stimmen hundert
eben noch der, ihn: Zukunft gewagtere die in
hineinreicht schon der, Jüngling den Knaben die umfangen
Blick ermessendem langsam mit. Bestimmt fühlen zu sie Volk
ganze das sondern, entschlossen ihnen zu sich
Einer nicht hätte als: erwählter gehen Bräute.
Geruch erfüllten diesen, atmen zu diesen,
Bedeutung es behält hinaus Jahre für und,
Abschied gemeinsamen den durchtränkt Ruch rührender
Linden blühender. Frauen vertrauenden die und,
gedenkende, Greise, spielenden die, bleiben Kinder.
Flur der Spielen den unter zurück überholt bleibt

Sommer der. Menschengewitter
ins Feld das sich hebt menschlich.
Beginnt Ernte die und, Volk wurzelnden dem aus
Wachstum das Einem mit reißt
Gott glühende der denn. Mann den es überwächst
morgen: da schon es steht
mannshoch, Nahrung der bedurfte, klein noch es war gestern.
Erwachsenes plötzlich, war gesät Handeln furchtbares
Frucht friedliche die zwischen dicht so wie.
Kriegs-Gott unglaublicher, fernster, hörengesagter,
aufstehn dich ich seh erstenmal zum

[ZU DEN FÜNF GESÄNGEN]

So wissen nur Dinge
Heimlich zu sein. Selbst Tiere verraten,
was sie vermögen. Du aber machtest dich schwer
Dich trug man.
Sieh, unser Herz auch
ist so ein heimliches Ding

Tom Schulz

Klebrig gefüllte Knochen; Rinds-
Ohren habe ich vor dir versteckt (in der Baumhöhle)
Rate mal, ist es dieselbe Stelle? Lehn dich an meine Rippen
wir sind Fell, manchmal
Felle, innen ganz dunkel, obskur
diese Aufziehuhr in der Brust

(So wissen nur Dinge …)

AUSGESETZT auf den Bergen des Herzens. Siehe, wie klein dort,
siehe: die letzte Ortschaft der Worte, und höher,
aber wie klein auch, noch ein letztes
Gehöft von Gefühl. Erkennst du's?
Ausgesetzt auf den Bergen des Herzens. Steingrund
unter den Händen. Hier blüht wohl
einiges auf; aus stummem Absturz
blüht ein unwissendes Kraut singend hervor.
Aber der Wissende? Ach, der zu wissen begann
und schweigt nun, ausgesetzt auf den Bergen des Herzens.
Da geht wohl, heilen Bewußtseins,
manches umher, manches gesicherte Bergtier,
wechselt und weilt. Und der große geborgene Vogel
kreist um der Gipfel reine Verweigerung. – Aber
ungeborgen, hier auf den Bergen des Herzens ...

Marit Heuß

Sierre, Wallis

Den Sale de la Piscine bewohnen nun Vögel
mit schwarzem Gefieder, sie gehören dem Winter
ein Eichhorn hortet schon Nüsse, aber immer
noch flitzen Salamander mittags auf Steinen
schweben Wolken über hohen Matten
färben sich Fische im Bassin noch röter,
wenn ich liege auf sonnenwarmen Steinen
und an Entlegenes denke, *ausgesetzt*

Marcel Beyer

Signalsalamander

War Signalsalamander die längste Zeit
und bin nun auch schon bald
wieder so lange Salamandergreis.
Ich kenne alle hundert Salamanderängste.

Der glatte Stein ist Schlamm, der Schlamm
ist hart, der flache Stein ist kalt,
der Felsspalt zugeschneit, die Wolke
Rotmilan, die rote Sonne Eis.

Ich falle. Ich verbrenne. Nur glühen darf
ich nicht. Ich weiß, wo ich
die nächsten Kriegsjahre verbringen
werde, nicht auf der Sonne, nicht im

Felsspalt, nicht im Schlamm. Sämtliche
Salamandergründe brennen
nieder, ringsum wird Salamanderkies
verfeuert. Von Salamandertränen nasse

Erde. Ich glaube auch nicht mehr, daß ich
im Feuer überdauern kann.
Ich brenne hier und da an meinen Enden,
ich bewege mich im Kreis, das Licht

dringt ein, unter die Haut, und wandert.
Die Haut wird blasser. Nicht
schwärzer. Blauer. Die Luft riecht scharf.
Rauch quillt mir aus den Augen.

Salamandergries. Es schneit, es schneit.
Glühende Salamanderwange.
Ich fahre ins Gestein. Einmal im Leben
Salamander sein. Angst, hundertmal.

Entweder ist man Salamander oder
Ungeheuer. Ich sende dies,
sende ein letztes Selbandersignal, und höre,
wie der Bauch am Boden scheuert.

SOLANG du Selbstgeworfnes fängst, ist alles
Geschicklichkeit und läßlicher Gewinn –;
erst wenn du plötzlich Fänger wirst des Balles,
den eine ewige Mit-Spielerin
dir zuwarf, deiner Mitte, in genau
gekonntem Schwung, in einem jener Bögen
aus Gottes großem Brücken-Bau:
erst dann ist Fangen-Können ein Vermögen, –
nicht deines, einer Welt. Und wenn du gar
zurückzuwerfen Kraft und Mut besäßest,
nein, wunderbarer: Mut und Kraft vergäßest
und schon geworfen *hättest* .... (wie das Jahr
die Vögel wirft, die Wandervogelschwärme,
die eine ältre einer jungen Wärme
hinüberschleudert über Meere –) erst
in diesem Wagnis spielst du gültig mit.
Erleichterst dir den Wurf nicht mehr; erschwerst
dir ihn nicht mehr. Aus deinen Händen tritt
das Meteor und rast in seine Räume ...

Karin Fellner

Rolle das Feld aus für den nächsten Versuch!

the enfolding boundary, is the player himself
David Foster Wallace

R. steht am anderen Ende auf dem geschorenen Hügel.
Pitcher, Catcher, Batter in einer Person.

Kaum ist der Ball in der Luft, verrutscht die Zeit und R.
schürft sich das Knie auf, das konjunktivische Knie.

R. klopft seine Stollen aus, denkt:
»Nichts sollen, nichts wollen!«

Auf den hinteren Rängen, wo man Popcorn kaut,
schreit jemand »Foul« und »Out«, während
R. selbstsicher sich
selbst übers Outfield schlägt.

Referees, pardon: Umpires fluten das Feld.
Aber niemand hält R. davon ab, jetzt synchron
zu wirbeln und zu ruhn in einer Flugbahn wie
Flitze-Rippen-Bogen.

Wenn das die Liga wüsste!
Wir haften nicht für Folgeschäden,
insbesondere wegen immaterieller Verluste.

»Ich kann gar nichts dazu«, äußerte R.
später im Interview mit unserem Sender,
»ich wurde emporgezüngelt
und quasi zum Curveball aus
empyreischen Händen.«

SONETT

O DAS Neue, Freunde, ist nicht dies,
daß Maschinen uns die Hand verdrängen.
Laßt euch nicht beirrn von Übergängen,
bald wird schweigen, wer das ›Neue‹ pries.

Denn das Ganze ist unendlich neuer,
als ein Kabel und ein hohes Haus.
Seht, die Sterne sind ein altes Feuer,
und die neuern Feuer löschen aus.

Glaubt nicht, daß die längsten Transmissionen
schon des Künftigen Räder drehn.
Denn Aeonen reden mit Aeonen.

Mehr, als wir erfuhren, ist geschehn.
Und die Zukunft faßt das Allerfernste
rein in eins mit unserm innern Ernste.

Kathrin Schmidt

wienett

dass algorithmen uns den geist abnehmen,
ist nicht mehr neu, die jahre trugen viele
von ihnen längst uns zu als brot wie spiele.
wir stehen still, befohlen, uns zu zähmen.

so nett geängstigt, sind wir stets zu diensten,
wenn man uns ruft, uns ausliest nach gebrauchswert
und aufteilt nach gespenstern und gespinsten,
von denen eins dem andern übern bauch fährt.

und angetreten, trans zu formatieren,
was *trad* sich anders ausgibt als ein geifer,
bleibt uns nichts mehr als: fassungen verlieren.

dann geht das licht aus, das uns alt, nicht reifer
erscheinen ließ. mein lebensfloß, zum schluss,
läuft ruhiger ein, wenn ich nichts sehen muss.

ACH, nicht getrennt sein,
nicht durch so wenig Wandung
ausgeschlossen vom Sternen-Maß.
Innres, was ists?
Wenn nicht gesteigerter Himmel,
durchworfen mit Vögeln und tief
von Winden der Heimkehr.

Henning Ziebritzki
Innres in Anissaras

Ein Trumm von Mann, in Shorts und Tanktop, die Muskeln
übersät mit Schriftzeilen, Vogelschwingen, Krallen von kräftigem Blau,
baute sich vor uns auf und erklärte, eine Dose *Mythos* schwenkend,
im Deutsch einer Vorlesung die Speisekarte, empfahl uns den Fisch,
der kein Sternchen hinter dem Namen trägt: nur der sei frisch.
Wir hatten nicht gefragt. Erschrocken schaute ich zu dir,
weil dies dein Stammlokal ist, das du mir zeigen wolltest,
registrierte erleichtert das Interesse, dein offener Blick so wenig
Wandung, die uns trennte, uns verband. Neugierig sahst du
auf den Redner, auf das Angebot – ein Organismus ist durchlässig für Welt,
weil er geschlossen an sich selbst arbeitet, in den Augen sichtbares

Sternenmaß, und draußen das schönste Chaos, Impuls um Impuls. Die Frau, klein, zierlich, in weißem Cocktailkleid, hielt die ganze Zeit die andere Hand, schwieg, musterte uns mit wachem Blick.

ROSE, oh reiner Widerspruch, Lust,
Niemandes Schlaf zu sein unter soviel
Lidern.

José F. A. Oliver

rose, blühendes verschw:eigen
                                        ach!
im zart-w:und augenschön
                                ist *jede*rmensch*
1 tod

IDOL

GOTT oder Göttin des Katzenschlafs,
kostende Gottheit, die in dem dunkeln
Mund reife Augen-Beeren zerdrückt,
süßgewordnen Schauns Traubensaft,
ewiges Licht in der Krypta des Gaumens.
Schlaf-Lied nicht, – Gong! Gong!
Was die anderen Götter beschwört,
entläßt diesen verlisteten Gott
an seine einwärts fallende Macht.

Johanna Schwedes

Kein Schlaflied

auf deinen Augen ziehen wie auf Spiegeln
Wolken vorbei und Vögel
Libellen, die Spitzmaus von vorhin, Gras wiegt sich im Wind

wie ein Türsteher weißt du vom Gang der Jahre
schüttelst etwas Katzenstreu von der Vorderpfote
rollst dich
selbstverständlich Gottheit
ins Grüne
an deinem Gaumen klebt Vogelflaum

schläfst du für mich mit?
hinter deinen
(Sonnenauge, Mondauge) Augenlidern
flackert bernsteinfarben
ein ganzer lauer Abend im Garten
wie aus meiner Kindheit geholt
und deine Tatzen
riechen nach Zeltboden
deine Tatzen
riechen nach dem Friedhofsspaziergang der Eltern

einwärts fallende Nacht
wenn ich meine Augen wie zwei unglückliche Steine
in deinem schwarzen Fell versenke
werden meine Träume leichter
gehen auf Zinnen
und

(jeden Morgen pinkelst du mir ins Spülbecken)

das Fiepen der Spitzmaus von vorhin
hallt durch deine Gaumenkrypta

Gong-Gong schreibt die Kirchturmuhr
in den Himmel

Ferdinand Schmatz

Idolest (nachbild)

Wäre es engelig – alles,
frucht wie tier,
tief reiche die furcht in den boden

zurück
wachse sie wider hoch, munde:
»die glott is los«

– nein: nach schmecke sie,
zu kosten das zu gefällig schöne
an zu weisen über göttin wie gen hinaus

den schlägern im gong enthascht ins licht
aus frucht baren schemen
im auge der katze

macht gefangen ihr los
so wenig schlaf zu finden
im beten

an tob
ruhender
stille

MIGLIERA

Für Gräfin Manon zu Solms-Laubach

NUN schließe Deine Augen. Daß wir nun
dies alles so verschließen dürfen
in unsrer Dunkelheit, in unserm Ruhn
wie einer, dems gehört;
bei Wünschen, bei Entwürfen,
bei Ungetanem das wir einmal tun,
da irgendwo in uns, ganz tief,
ist nun auch dies;
ist wie in einem Brief
den wir verschließen –.

Laß die Augen zu: da ist es nicht,
da ist jetzt nichts als Nacht,
die Zimmernacht rings um ein kleines Licht –:
Du kennst sie gut.
Doch in Dir ist nun alles dies und wacht
und trägt Dein sanft verschlossenes Gesicht
wie eine Flut.

Und trägt nun Dich. Und alles in Dir trägt;
Und Du bist leicht, und leise hingelegt
auf Deine Seele welche steigt. –

Warum ist das so viel für uns: zu *sehn,*
auf einem Felsenrand zu stehn?
Wen meinten wir, indem wir das begrüßten
was vor uns dalag ...?
                                        Ja: was *war* es denn?

Schließ inniger die Augen und erkenn
es langsam wieder: – Meer um Meer,
schwer von sich selbst, blau aus sich her
und leer am Rand mit einem Grund von Grün;
(von *welchem* Grün? Es kommt sonst nirgends vor –)
und plötzlich, atemlos, daraus empor
die Felsen jagend von so tief, daß sie
im steilen Steigen gar nicht wissen, wie
dies Steigen enden soll. Auf einmal bricht
es an dem Himmel ab, wo er ganz dicht
vor lauter Himmel ist. Und drüber: sieh,
ist wieder Himmel und bis weit hinein
in jene Weite rings –. Wo ist er nicht?
Strahlen ihn nicht die beiden Klippen aus?
Malt nicht sein Licht das fernste Weiß: den Schnee
der sich auf einmal rührt und weit hinaus
die Blicke mitnimmt. Und er hört nicht – eh
wir ihn atmen – auf Himmel zu sein –.

Schließ, schließ fest die Augen. War es dies?

Du weißt es nicht. Du kannst es schon nicht mehr
von Deinem Herzen trennen.
Himmel im Innern läßt sich schwer
erkennen;
da geht das Herz und geht und sieht nicht her.

Und doch Du weißt: wir können also so
am Abend zugehn wie die Anemonen,
die Tiefe eines Tages in sich schließend,
und, etwas größer, morgens wieder aufgehn.
Und das zu tun ist uns nicht nur erlaubt,
das ist es, was wir *sollen: zugehn lernen
über Unendlichem.*

Sahst Du den Hirten heut? Der geht nicht zu.
Wie sollte er's? Dem fließt
der Tag hinein und fließt ihm wieder aus
wie einer Maske hinter der es schwarz ist.

Wir aber dürfen uns verschließen, fest
zuschließen und bei jenen dunkeln Dingen
die längst schon in uns sind, noch einen Rest
von anderm Unfaßbaren unterbringen
wie einer, dems gehört –.

Daniela Danz

Das Privileg
(Sinnieren auf Capri)

wir sitzen an gedeckten Tischen
wir denken tief und schauen fern
und nicht zuletzt zitieren wir einander gern (nicht wahr?)
ein Wind weht her uns zu erfrischen (dafür ist er da)

die uns bedienen (Leute Hirten weißt schon) wissen nie
wie tief wir denken während sie
uns reinen Wein einschenken (sie verstehns nicht besser):
Manon wer würde sonst die Welt zerdenken

und sie danach neu kombinieren
so dass man denkt: wie evident (nicht wahr!)
nichts sehen wollen ist nicht dekadent
nichts sehen wollen heißt auf allen Vieren –

nun – metaphorisch der Unendlichkeit zu dienen
wie ich so schön schrieb: nichts sind wir als ihre Bienen

WIE die Vögel, welche an den großen
Glocken wohnen in den Glockenstühlen,
plötzlich von erdröhnenden Gefühlen
in die Morgenluft gestoßen
und verdrängt in ihre Flüge
Namenszüge
ihrer schönen
Schrecken um die Türme schreiben:

können wir bei diesem Tönen
nicht in unsern Herzen bleiben

André Schinkel

Wie die Vögel. In sechs Adaptionen

FALKEN SIND'S, die in den großen
Stühlen wohnen, wo am Mäanderrand
die Glocken schweigen, dröhnend
        stumm im Land,
an dem sich streifend Flügel stoßen;
und verdrängt in morsche Züge
läuten auf die Sichelflüge,
jene welken, sterbensschönen
Schatten, um die Türme treibend:

Die Hockensangst damit besiegend,
ihr »Hier können wir nicht bleiben«,
das blickend UNS *ins Herz gerieben –*
durch das von oben Falkenrufe stieben.

– – –

ODER SIND ES Merops-Pfeile, Bienenfresser,
höhnend:
Küken, scheu in Glocken hängend –
Sand, still von den Horten krängend,
in den Schlaf der Restseen strömend
und verhallt im Wirrgefieder
buntgefärbter Flügelglieder –
daß die hohen, zarten Rufe
sich in Lehm und Äther bohren:

.... Klingend an der Länderstufe –
da war die Liebe längst verloren ...
und im Erdreich altbeschlag'ne Hufe
hatten läutend unsern Tod beschworen ...

– – –

DIE NACHTIGALL sang es, der Stein erweichte
durch den Nachtschritt dieser wilden
Stunden,
da du sie hieltst ...... im Leib umwunden
und wußtest schon, daß es nicht reichte,
ihren Blick an dich zu fesseln:
Dem Geier gleich ... – und welke Nesseln
warn's, die ihre Schönheit schlugen
und dich – aus ihrer Flugbahn trugen:

Mit Quartetten hieltst du sie umschlossen
und zeigtest dich im Blick umflossen
und bogst dich zu ihr – – still die Träne
im Klagetrost der Nachtsinghähne.

– – –

EIN ARA SPRANG hinzu, ihr wandtet euch
in Schrecken –
und schrie das Mark aus euerm Bein. –
Wo eure Liebe lag …… ein kühler Schein,
schlug das Ertapptsein dunkle Flecken.
Und die Namen stürzten in die Flüge
eurer aufgeriss'nen Züge –
und die Glocken, fast vergessen, schrillten
auf und eilten an den Gründen

taub entlang in ihren Tongefilden,
ehe sie verstummten und verschollen …
Da ihr wild suchtet, euch zu finden,
begann der Schreihals sich genervt zu trollen.

– – –

WIE DIE VÖGEL, rufend durch die Länder,
die du verließt, weil sie verschwanden
und im Weltgefieder sich zuschanden
ritten, prallend gegen jene dunklen Ränder –
und verweht, in hohen Bögen,
als ob das erste Mal sie zögen …
und die vielgestrählten Flügelkleider
treibt der Nordwind immer weiter:

und alle Blicke sind geschoren
mit dem erloschnen Meisterblick:
Über dem die Segler kreisen wie verloren,
als wär' dein stilles Ruhn ihr – lautes
Glück.

– – –

ZEITIG GINGST DU und verließt uns schweigend –
nur in deinen Zeilen sprach es weiter
auf den Punkt gebohrt und heiter:
Du sprachst tatsächlich: bleich in deinem
        Schweigen treibend –
… hart … in Felsenluft geschrieben …
schlugen deine Verse Schwieben,
und der Gang der schönen
Augen hielt dich, noch zu bleiben:

In basalt'nen Blicken fliegen
kühl und greinend die Sekunden:
Dehnend sich in Sichelstunden,
scharf, durch die die Falken höhnen.

Nico Bleutge

wie die vögel welche an den losen
brocken hängen in den brockenhöhlen
aufgesprengt von den wellen der hitze
reihum licht auf den spitzen der flügel
in die wehen des morgens auf eins
hinausgedrängt, die brust-
panzer voller feuer
glutlinien
ihres atems durch die warme
asche ziehen (*erde brennt*)

ein nest von albatrossen
am herzen klebend (unserm)
können ---------- diesem tön ------

Nico Bleutge

ö-studie, ü-, wie fühlen vögel
sich, über und über, voll
von tönen, fehlen doch stürze
stürme? aber *-luft* und *flüge*
machen die türme weiß
was, übersetzen, heißt
ins dröhnen?
einer ganzen nacht?

störkuppel, -linien, ge-
trübte wucht, mit strömung
aus dem muskel, *wir* ----------

IRGENDWO blüht die Blume des Abschieds und streut
immerfort Blütenstaub, den wir atmen herüber;
auch noch im kommendsten Wind atmen wir Abschied.

Safiye Can

Endlich
Darling
Unser Herz
schlägt nicht
SEELENVERWANDT
Ich will krass einsam sein
Warum Das Glück
verschieben?
Es fällt mir schwer
Den KUSS Zu genießen!
Die Vögel singen Nicht das Lied
DER ewigen Liebe
ich BITTE! DICH
verlasse mich

<SIEBEN GEDICHTE>
[I]

AUF einmal faßte die Rosenpflückerin
die volle Knospe seines Lebensgliedes,
und an dem Schreck des Unterschiedes
schwinden die [linden] Gärten in ihr hin

Alexander Schnickmann

deine Strecken laufen unterirdisch in
sofern das Wasser steigt: folg ich
deinen Wurzeln zum Verschwinden
kannst du von Kirchtürmen sprechen
kannst du sagen Obelisken versinken
im Sande: [Bäume [Kronen [wohnen
die Ähren Blütenstempeln Himmeln geht
ich war dir nie näher
als Softeis an einem warmen Tag
als Pollen strecken über: [Städten [Boden [losen
[he said he knew a place]
inmitten der Rosen
darf ich von vorn: wie lang
geht der fade Sommer in Paris
der fade Sommer in Berlin [in Göttingen [in Wien
und: wohin du heut verläufst
die vertraute Form der U-Bahn-Sitze
der heiße Asphalt an meiner Wange
die Schweißtropfen kosten Rosenknospen
flimmert deine Luft oder irgendwo
oder sexting auf dem Stabiklo
oder darf ich von vorn
sag Kreis [Geheiß [schmölze [hölze

sag Bild und gilt und kleide beide
oder lass mich von vorn
oder lass mich und dann
[are you almost done?]
dass ich sagen kann
sag Paris calling [lieber rainer liebe lou]
[lieber liebe rainerlou]
sag wohin du verschwunden bist
oder als Kerze Wachstropfen
stürzen sinken fort und da inso
fern da was mir die Sonne sagt
sie hat dich gesehen: nicht in den Gärten
nicht unter Palmen am Strand

KOMM du, du letzter, den ich anerkenne,
heilloser Schmerz im leiblichen Geweb:
wie ich im Geiste brannte, sieh, ich brenne
in dir; das Holz hat lange widerstrebt,
der Flamme, die du loderst, zuzustimmen,
nun aber nähr' ich dich und brenn in dir.
Mein hiesig Mildsein wird in deinem Grimmen
ein Grimm der Hölle nicht von hier.
Ganz rein, ganz planlos frei von Zukunft stieg
ich auf des Leidens wirren Scheiterhaufen,
so sicher nirgend Künftiges zu kaufen
um dieses Herz, darin der Vorrat schwieg.
Bin ich es noch, der da unkenntlich brennt?
Erinnerungen reiß ich nicht herein.
O Leben, Leben: Draußensein.
Und ich in Lohe. Niemand der mich kennt.

Ulf Stolterfoht

ES KAMEN NAMEN, die ich in- und auswend kannte: dante gabriel rossetti. peter bonetti. fante. mampe. johnny thunders. notabene ohne denotate. wen ich weiters gelten ließ: mieke de vries. ich war ihr hiesig mild gestimmt. noch isegrim schrieb sich irgendwie ein. ich brannte. und benannte. damals war zwingli mein gott. ich glühte schon ganz ordentlich, doch niemand nahm notiz.

[*verzicht. das ist nicht so wie krankheit war / einst in der kindheit. aufschub. vorwand um / größer zu werden. alles rief und raunte. / misch nicht in dieses was dich früh erstaunte //* im anschluss gezücht. otter, nattern, vereinzelt maulaffen. muss plötzlich an horst feilzer denken. ein mann wie ein wort. grotenburg. turandot. stopp. ich will versprechen, schlicht zu bleiben.]

der letzte, den ich hier erwartet hätte: friedrich anton klette. schon 1879 verlor sich seine spur. 1896 vermutet ihn stammler dann in yonkers. im selben jahr schifft rilke sich nach newark ein. du magst an zufall glauben, ich tu es nicht. ich zündle. das friedrich-nietzsche-archiv zieht in der zwischenzeit von naumburg nach weimar um. seis drum. josef fischer gewinnt die allererste austragung.

[verrückt. es ist ein bisschen wie ein kinderzimmer, das sich mit dem fieberanstieg dehnt. mit »fieber« meine ich hier den zustand, nicht den lexikoneintrag. manöver, um sich nicht festnageln zu lassen. alles schlief und träumte. keule, von hier oben kann ich den text sehen. »hier oben« meint 1743 meter über adria. »hier oben« scheidet zudem joglland von der buckligen welt.]

die letzte, die sich einigermaßen auskannte: thomas bernhards tante hedwig. der hirsch auf der torte. milde sorte. minetti in minetti. huusmeister kaczmarek madensack. ich aber schweife ab. svantje aus dem schruppke, wolfram wuttke, brotgruppe rhesus plus. na bitte! es geht doch, wenn man will. poldi kladno. znaim. yggdrasil im gegensinn. ich lohe erst mal vor mich hin.

(2)
immer die erste, die zustimmte: grete minde, tangermünde. ihr grimm war gleichwohl sagenhaft, ihr groll spottete jeder lyrischen indienstnahme. so jedenfalls mein eindruck. kann mich täuschen. das innere knusperhäuschen. ich, wie ich blöd danebenhocke. nürnberger bratwurstglocke. schockig! doch dann kamst du, brachtest das wetter und die bitter nötige dignität.

[urständlichkeit. ich bewege mich in abgefuckter nachfolge. doch meine blasonierung sei ekelerregend, sagt ein typ aus kirchheim / teck. komparatist, alleinerziehend, einser-führerschein – alles bestens! und doch: er saugt! und lutscht gehörig! knappsack, schumpeter, perle der gesetzlichen – was soll ich sagen: nicht zuletzt an euch ist diese dichtung gerichtet!]

die letzten, die ich vorbehaltlos schätzte: mother jones, schwester s., sowie die ätzende mann-hexe aus der geßlerstraße. name auf anfrage. beginnt mit b. clockwork yonkers. der erste große zombie-krieg. diter rot beginnt bei ciba-geigy. rossetti begründet am red lion square die präraphaelitische bewegung. ich muss an andrew duncan denken. an brighton. rom. ich gloste so was von!

[pflichtschuld. das geht nun eben nicht wies phasenprüfen. drüsenpflücken. katzenklatschen. einhalt. was in schwäbisch hall geschah, verbleibt in schwäbisch hall. damals war lehmann mein pfund. anlass, wachstum zu prangern. olle loki sein treuer vasall. die strophenenden sollte man mal wieder schneiden. wer will, darf sich benennen. spätestens bei drei trink ich vom schaum.]

baby, du loderst ganz gehörig. mich aber fröstelt. heimat allein, um scheite aufzuhäufen, mag sich das holz auch noch so sträuben. draußensein als lebensform, und dabei durchaus achtsam durch die wachteln staksen. achtsam, krachledern und mit bedacht. ich muss an willi demski denken. manfred dubski. baby, es ist so herrlich leise, wenn die vorräte ausnahmsweise schweigen.

(3)
vom hügel herunter kamen in langer reihe die namen: sühnholz, kobluhn, siemensmeyer / krauthausen, tenhagen, mumme usw. – es wollte gar kein ende nehmen. und alle, alle brannten sie sich ein. planlos, frei von zukunft, jenseits irgendeiner absicht. es waren gute namen, richtig gute namen. nur: wieviel solche namen hältst du aus? auf etwa halber höhe brennt ein haus.

[bloßigkeit. vorwand, um winzig zu bleiben. wulstling. kaum fünf fuß hoch und schrumpfend. alles lief und staunte. was maunzte, muss das katzweib sein. wachsen war etwas für die anderen. in yonkers geriet man höchstens mittelhoch, in newark blieb man noch darunter. diter rot verlässt die ciba-geigy und heuert bei der upenn an. er ging mir ungefähr bis hier.]

das letzte, das ich damals sah, war ein nackter mann neben den gleisen, kurz vor der einfahrt in den bahnhof ludwigsburg. er strahlte sichtlich etwas ab. bin ich es noch, der das berichtet? erinnertes ragt angelweit ins abgesperrte. das müsst ihr mir schon glauben. über nacht hatte jemand vor der hütte einen marterpfahl errichtet. okay. damals war schmachtegott mein küchenhansel.

[warnung vor fuchsbandwurm. du aber hattest schon am moos geleckt und wurdest langsam transparent. ich reichte dir das gegengift in einer schönen schale aus horn. wenn ich die zeichen richtig deute, weist mittlerweile vieles richtung herbst. hohe zeit des spaltens und der schichtung. herzlichen glückwunsch zur selbstabschaffung ernstzunehmender dichtung! bitte nicht dafür!]

ein angenagtes quartheft war das letzte, was du brachtest. dazu ein henkelmann aus grünem porzellan, mit einem kettchen dran. mag vieles auch noch unerschlossen wirken – wir haben es zumindest angesprochen. die heimfahrt findet via burgstall statt. am bahnhof kleine verkaufsveranstaltung des wallstein-verlags. teilnahme optional. bitte denken sie an ihre regenschirme.

Aus: **VERGERS**
LA PASSANTE D'ÉTÉ

VOIS-TU venir sur le chemin la lente, l'heureuse,
celle que l'on envie, la promeneuse?
Au tournant de la route il faudrait qu'elle soit
saluée par de beaux messieurs d'autrefois.

Sous son ombrelle, avec une grâce passive,
elle exploite la tendre alternative:
s'effaçant un instant à la trop brusque lumière,
elle ramène l'ombre dont elle s'éclaire.

Odile Kennel

dort geht sie, glücklich, langsam, ganz bei sich
zieht Wege in die Länge, Blicke auf sich
weil etwas an ihr ruft: Jetzt, in diesem Augenblick
brauch ich nur mich. In meinem Schatten
blühe ich, erblühe an den Rändern, brauche
eure Blicke nicht dafür. Brauche Hochsommer
diesen Weg, die Mauersegler in der Luft.
Meine Rose, die sich selbst entfaltet

VERGER

PEUT-ÊTRE que si j'ai osé t'écrire,
langue prêtée, c'était pour employer
ce nom rustique dont l'unique empire
me tourmentait depuis toujours: Verger.

Pauvre poète qui doit élire
pour dire tout ce que ce nom comprend,
un à peu près trop vague qui chavire,
ou pire: la clôture qui défend.

Verger: ô privilège d'une lyre
de pouvoir te nommer simplement;
nom sans pareil qui les abeilles attire,
nom qui respire et attend …

Nom clair qui cache le printemps antique,
tout aussi plein que transparent,
et qui dans ses syllabes symétriques
redouble tout et devient abondant.

Odile Kennel

ich hätte gerne dieses eine Wort verwendet, verger, oder auch
potager, um zu beschreiben, was ich fühlte, Kind
am Rand der Gärten, der Mauern aus Stein. Petersilie
in den Ritzen, nichts gab es, was in Deutschland vergleichbar war.
Oder potage, die Suppe meiner Tante, die einen ganzen
Garten im Namen hielt. Und eine Geisel der
Unübersetzbarkeit, an die ich nicht glaube, glaube.
Un peu beaucoup à la folie. Irgendetwas
wächst immer dazwischen. Vielleicht führt
verführt mich bis heute der Pfad vom einen
zum anderen, ohne Ausweg, ohne klares Ziel, ohne
dass ein Ort, ein Wort dem anderen nahekäme

Aus: **LES ROSES**
V

ABANDON entouré d'abandon,
tendresse touchant aux tendresses …
C'est ton intérieur qui sans cesse
se caresse, dirait-on;

se caresse en soi-même,
par son propre reflet éclairé.
Ainsi tu inventes le thème
du Narcisse exaucé.

Odile Kennel

was wenn die Rose, die in meinem Schoß rot
knospt und griffelt, Geschlecht, das nicht eins ist
weil seine Blütenblätter sich berühren, was wenn
die Rose keine Rose ist, sondern Gamander Günsel
wilder Majoran? Lippenblütler mit zygomorphen Blüten
Klausenfrüchten, geflügelten Nussfrüchten, flüchtigen
Ölen, Nektar aus der Tiefe? Sag Wirtel Zyme Scheinquirl, alles
was unerwartet klingt, erfüllt den Raum mit Schall

XI

J'AI une telle conscience de ton
être, rose complète,
que mon consentement te confond
avec mon cœur en fête.

Je te respire comme si tu étais,
rose, toute la vie,
et je me sens l'ami parfait
d'une telle amie.

Ulrike Almut Sandig
Vollkommene Rose

ich schwing mit deinem Wesen
vollkommene Rose, auf 320 Megahertz
mein Einvernehmen will dich lesen
mit partytauglichem Herz.

ich saug dich ein, als seist du, Rose
die Line fürs ganze Leben
und spür mich in perfekter Pose
zu deinem Tanze, Rose, beben.

XII

CONTRE qui, rose,
avez-vous adopté
ces épines?
Votre joie trop fine
vous a-t-elle forcée
de devenir cette chose
armée?

Mais de qui vous protège
cette arme exagérée?
Combien d'ennemis vous ai-je enlevés
qui ne la craignaient point.
Au contraire, d'été en automne,
vous blessez les soins
qu'on vous donne.

Ulrike Almut Sandig

Gegen wen, Troll

gegen wen, Troll
ließt du dir wachsen
solche Dornen, zarte Spikes?
welche Normen, zu harte Likes
warn vom dünnen Glück noch abzuknapsen
dass du nichts wurdest als deine eigene voll-
gestopfte Waffenkammer in Sachsen?

vor wem schützt du dich
mit diesem übertriebenen Hate?
wie viele Feinde hab ich
schon für dich niedergemäht
aus der Kalten heraus?
keine. von West nach East
sitzt du im Glashaus
und schießt.

Aus: **EXERCISES ET ÉVIDENCES**
SOLITUDE

DE tendresses pleines, les mains,
et nul qui ferait la vendange!
Faut-il crier aux anges?

Hélas! Notre trop-plein
devant eux devient indigence.
Notre appel qui s'élance
n'est qu'un bruyant voisin
de l'indifférence.

Raphael Urweider

Einsamkeit

Die Hände voller Zärtlichkeiten,
doch niemand fährt die Ernte ein!
Sollten wir nach Engeln schreien?

Ach was! Unsre Üppigkeiten
werden vor ihnen zur Bedürftigkeit.
Unser Ruf, der in den Himmel steigt
ist nur ein lärmender Begleiter
der Gleich…gültigkeit.

VIEILLIR

CERTAINS étés il y a tant de fruits
que les paysans ne daignent plus les prendre.
Ai-je, moi, ô vous, mes jours, mes nuits,
sans récolter, laissé passer aux cendres
les lentes flammes de vos beaux produits?

Mes nuits, mes jours, vous avez tant porté!
Vos branches toutes ont gardé le geste
du long labeur dont vous sortez:
mes jours, mes nuits, ô mes amis agrestes!

Je cherche ce qui tant vous fut propice.
Douceur pareille, pourrait-elle encor,
ô mes beaux arbres presque morts,
flatter vos feuilles, ouvrir un calice?

Ah, plus de fruits! Mais une fois dernière
s'épanouir en vaine floraison,
sans réfléchir, sans compter, comme font
inutilement les forces millénaires.

Raphael Urweider

Altern

Es gibt Sommer mit so vielen Früchten,
dass die Bauern sie ganz einfach hängen lassen.
Muss ich, o ihr, meine Tage, Nächte, fürchten
dass ich eure glühenden Flammen zu Asche
habe werden lassen, statt sie zu pflücken?

Ihr habt so viel getragen, jeder Tag und jede Nacht!
Sie zeigen immer noch die Gesten, eure Äste
der langen harten Arbeit, die ihr euch gemacht:
Ihr ländlichen Freunde, meine Tage, Nächte!

Ich suche, was euch zum Vorteil gereicht,
Ähnliche Sanftheit, könnte sie denn noch
O meine schönen Bäume, fast tot doch,
Blätter nochmals öffnen, einen Kelch vielleicht?

Ach, keine Früchte mehr! Nur letzte Säfte,
vergebens Aufblühen, leere Gesten,
ohne zu überlegen, zu berechnen,
wie nutzlos die jahrtausend alten Kräfte.

Inhalt alphabetisch nach Autor:innen

Kurt Drawert, »Die erste Überschreibung (der ersten Elegie)« · zu 1 »Duineser Elegien« (»Die erste Elegie«)
Sirka Elspaß, »Hermes:« · zu »Orpheus. Eurydike. Hermes«
Carl-Christian Elze, »kommt wirklich schnee, sind wir wie kinder« · zu »Es gibt so wunderweiße Nächte«
– »du hältst die angel in den fluss« · zu »Der Dichter«
Karin Fellner, »Rolle das Feld aus für den nächsten Versuch!« · zu »Solang du Selbstgeworfnes fängst«
Christian Filips, »Sonette an Deadbot Rilkeus« · zu »Die Sonette an Orpheus« 2, X (»Alles Erworbne bedroht die Maschine, solange«)
Franzobel: »Kriegfried Friedkrieg« zu: · »Fünf Gesänge«
Sylvia Geist, »Was immer ich suche, gebraucht die Maschine, solange« · zu »Die Sonette an Orpheus« 2, X (»Alles Erworbne bedroht die Maschine, solange«)
Nora Gomringer, »Quasi Baum« · zu »Ich lebe mein Leben in wachsenden Ringen«
Uta Gosmann, »Die erste Elegie (der Dichter sinnt nach« · zu »Duineser Elegien« (»Die erste Elegie«)
Durs Grünbein, »Vom Sehen« · zu »Der Blinde«
Dorothea Grünzweig, »auf tunturis dies wundersame wandern« · zu »Duineser Elegien« (»Die achte Elegie«)
Dinçer Güçyeter, »Ich lebe mein Leben (Summer-Club-Version)« · zu »Ich lebe mein Leben in wachsenden Ringen«
– »Der Widerspruch der verlorenen Söhne (Rap-Version)« · zu »Der Auszug des verlorenen Sohnes«
Jürg Halter, »Haltlos« · zu »Herbst« (»Die Blätter fallen, fallen wie von weit«)
Martina Hefter, »Ohne Titel« · zu »Früher Apollo«
Kerstin Hensel, »Sollen wir weiter was kommt« · zu »Die Sonette an Orpheus« 1, XXIV (»Sollen wir unsere uralte Freundschaft, die großen«)
– »Wenn der Stundendealer zu mir sagt: Du bist das« · zu »Nachtwächter ist der Wahnsinn«
Marit Heuß, »Sierre, Wallis« · zu »Ausgesetzt auf den Bergen des Herzens«

– »Fragment« • zu »Die Sonette an Orpheus« 1, II (»Und fast ein Mädchen wars und ging hervor«)
Nancy Hünger, »Ich brauch keine Antworten auf meine Bücher« • zu 1. Abschnitt *Die Aufzeichnungen des Malte Laurids Brigge*
Hendrik Jackson, »Verneigendes Pastiche« [als Präambel]
– »Hall, halluzinös« • zu »Duineser Elegien« (»Die erste Elegie«)
Odile Kennel, »dort gehen sie« • zu »La passante d'été«
– »ich hätte gerne« • zu »Verger«
– »was wenn die Rose« • zu »Abandon entouré d'abandon«
Uwe Kolbe, »Rilke und Gott« • zu »Du Nachbar Gott«
Dagmara Kraus, »der gangwolf« • zu »Archaïscher Torso Apollos«
Birgit Kreipe, »läuten in tulpen« • zu »Die Sonette an Orpheus« 2, XXIX (»Stiller Freund der vielen Fernen, fühle«)
Michael Krüger, »Eine kurze Antwort auf die vierte Elegie« • zu »Duineser Elegien« (»Die vierte Elegie«)
Björn Kuhligk, »Die Straße, die Kraniche« • zu »Ich lebe grad, da das Jahrhundert geht«
Norbert Lange, »Siebte Dummkopfelegie« • zu »Duineser Elegien« (»Die siebente Elegie«)
Christian Lehnert, »In diesen Intervallen ist noch mehr« • zu »Die Sonette an Orpheus« 1, I (»Da stieg ein Baum. O reine Übersteigung!«)
Titus Meyer, »Der Panther« • zu »Der Panther«
– »Loesch mir die Augen aus, ich kann dich sehn« • zu »Lösch mir die Augen aus, ich kann dich sehn«
Rainer René Mueller, »Fuga & Stretto. Schwan und Virgule« • zu »Duineser Elegien« (»Die achte Elegie«)
Brigitte Oleschinski, »Rilke Cringe« • zu »Fünf Gesänge«
José F. A. Oliver, »rose, blühendes verschw:eigen« • zu »Rose, oh reiner Widerspruch, Lust«
– »Maria aus Ägypten« • zu »Die ägyptische Maria«
Dirk von Petersdorff, »Im Wohnheim« • zu »Du Nachbar Gott«
Jennifer Poehler, »buddha« • zu »Buddha« (»Schon von ferne fühlt«)
Marion Poschmann, »rosa Hortensie« • zu »Rosa Hortensie«

Kerstin Preiwuß, »aus den Aufzeichnungen des Malte Laurids Brigge« • zu 1. Abschnitt *Die Aufzeichnungen des Malte Laurids Brigge*
Ilma Rakusa, »Einsingen« • zu »Zum Einschlafen zu sagen«
– »Einsamkeit« • zu »Einsamkeit«
Arne Rautenberg, »sapphisches« • zu »Sappho an Alkaïos«
– »kalifornischer mohn« • zu »Träume, die in deinen Tiefen wallen«
Bertram Reinecke, »Totenmesse« • zu »Requiem für Wolf Graf von Kalkreuth«
– »Der Mönch« • zu »Der Panther«
Lars Reyer, »Musik nach Rilke« • zu »Musik« (»Was spielst du, Knabe?«)
Cia Rinne, »panterre« • zu »Der Panther«
Jan Röhnert, »Heimleuchten« • zu »Die spanische Trilogie« III
Slata Roschal, »Wir sitzen da und strecken uns behutsam« • zu »Da leben Menschen, weißerblühte, blasse«
Ulrike Almut Sandig, »gegen wen, Troll« • zu »Contre qui, rose«
– »Vollkommene Rose« • zu »La rose complète«
Joachim Sartorius, »Der Tod des Dichters« • zu »Der Tod des Dichters«
Sabine Schiffner, »alleine« • zu »Lied« (»Du, der ich's nicht sage«)
André Schinkel, »Wie die Vögel. In sechs Adaptionen« • zu »Wie die Vögel, welche an den großen«
Ferdinand Schmatz, »Idolest (nachbild)« • zu »Idol«
Kathrin Schmidt, »stoven« • zu »Strophen«
– »tägliche fahrt« • zu »Nächtlicher Gang«
– »wienett« • zu »Sonett« (»O das Neue, Freunde, ist nicht dies«)
Stefan Schmitzer, »(Jardin d'Acclimatation) (APESHIT)« • zu »Die Aschanti (Jardin d'Acclimatation)«
Alexander Schnickmann, »deine Strecken laufen unterirdisch« • zu »[Sieben Gedichte]«
Tom Schulz, »Käme ein Nachtrupp fremder Wesen« • zu »Ach, da wir Hülfe von Menschen erharrten«
– »Klebrig gefüllte Knochen« • zu »So wissen nur Dinge«
Johanna Schwedes, »kein schlaflied« • zu »Idol«
Farhad Showghi, »Klangcheck« • zu »Der Knabe«

Volker Sielaff, »Der Dichter« • zu »Der Dichter«
Ulf Stolterfoht, »Es kamen Namen« • zu »Komm du, du letzter, den ich anerkenne«
Yoko Tawada, »12 Haiku nach ›Winterliche Stanzen‹ von Rainer Maria Rilke« • zu »Winterliche Stanzen«
Hans Thill, »Die fünfte Elegie (besser spät als nie)« • zu »Duineser Elegien« (»Die fünfte Elegie«)
Christian Uetz, »Erste Duineser Elegie« • zu »Duineser Elegien« (»Die erste Elegie«)
Raphael Urweider, »Einsamkeit« • zu »Solitude«
– »Altern« • zu »Vieillir«
Ernest Wichner, »Derselbe Wortlaut, anders« • zu »Requiem für Wolf Graf von Kalkreuth«
Henning Ziebritzki, »Innres in Anissaras« • zu »Ach, nicht getrennt sein«
– »Socken« • zu »Die Liebenden« (»Sieh, wie sie zu einander erwachsen«)
– »Vilhelm Hammershøi, Interior of the Great Hall in Lindegaarden, 1909« • zu »Die Sonette an Orpheus« 2, X (»Alles Erworbne bedroht die Maschine, solange«)

Die Beitragenden

ANDREAS ALTMANN, geb. 1963 in Hainichen/Sachsen, lebt heute in Berlin und in der Prignitz. Zuletzt erschienen die Gedichtbände *Weg zwischen wechselnden Feldern* (2018) und *Von beiden Seiten der Tür* (2023), beide im poetenladen Verlag, Leipzig.

ARTUR BECKER, geb. 1968 in Polen, lebt als freier Schriftsteller in Frankfurt am Main. Er veröffentlichte seit 1997 mehr als 20 Bücher, zuletzt den Essayband: *Schwarze Servietten auf meinem Herzen. Aus den Leben der Kosmopolen* (Arco Verlag, 2024).

MARCEL BEYER, geb. 1965, lebt in Dresden. Über Rainer Maria Rilke schreibt er in seinem Buch *Das blindgeweinte Jahrhundert. Bild und Ton* (Berlin, Suhrkamp 2017).

NICO BLEUTGE, geb. 1972 in München, lebt in Berlin. Seit 2001 arbeitet er als freier Autor. Zuletzt veröffentlichte er den Gedichtband *schlafbaum-variationen* (C.H.Beck 2023). Für seine Arbeit wurde er vielfach ausgezeichnet.

THOMAS BÖHME, geb. 1955 in Leipzig, lebt dort; seit 1983 mehr als 30 Buchpublikationen, zuletzt *Orpheussplitter*, Gedichte, Berlin 2024. Mitglied des Deutschen PEN und der Sächsischen Akademie der Künste.

MIRKO BONNÉ, geb. 1965 in Tegernsee, lebt in Hamburg. Zuletzt: *Alle ungezählten Sterne*, Roman, 2023, *Wege durch die Spiegel*, Gedichte, 2025. Malkowski-Preis 2014, Hamburger Literaturpreis für Übersetzung 2020, Hubert Fichte-Preis 2024.

YEVGENIY BREYGER, geb. 1989, zuletzt *Frieden ohne Krieg* bei kookbooks, für das er den manuskripte-Preis, den Mondseer Lyrikpreis, den Christine-Lavant-Preis und den Klopstock-Preis erhielt. Lebt in Wien, lehrt Sprachkunst an der Universität für Angewandte Kunst.

HELWIG BRUNNER, geb. 1967, Studien der Musik und Biologie. Herausgeber einer Lyrikbuchreihe, Geschäftsführer eines ökologischen Planungsbüros in Graz. Neue Bücher: *Flirren* (Roman, Droschl 2024) und *abdruck in weicher masse* (Gedichte, Limbus 2025).

CAROLIN CALLIES, geb. 1980 in Mannheim, lebt in Ladenburg. Zuletzt erschien ihr dritter Lyrikband *teilchenzoo* (2023) im Verlag Schöffling & Co. Jüngste Preise: Rotahorn-Literaturpreis Graz (2023) sowie der Berliner Kunstpreis der Sektion Literatur (2024).

SAFIYE CAN, Autorin, Dichterin der konkreten und virtuellen Poesie, Übersetzerin, Kuratorin der *Zwischenraum-Bibliothek* der Heinrich-Böll-Stiftung. Else-Lasker-Schüler-Lyrikpreis und AMF-Preis für aufrechte Literatur, Gastdozentin an Universitäten, Vorstandsmitglied der Zeitschrift *die horen*. Can leitet Schreibwerkstätten an Schulen und anderen Einrichtungen für Kinder und Jugendliche. Zuletzt: Hörspiel: *Das Halbhalbe und das Ganzganze*, ARD-Audiothek, 2022; *Diese Haltestelle hab ich mir gemacht*, 2023, Wallstein. www.safiyecan.de

FRANZ JOSEF CZERNIN, geb. 1952. Prosa, Gedichte, Aphorismen und Essays seit 1978. Zuletzt erschienen: *Ein anderes Licht? Metaphern und Literatur*, Berlin 2025. *Gute Unterhaltung, Herr Adorno.* Glossen und Essays, Klagenfurt 2025.

DANIELA DANZ, geb. 1976 in Eisenach, lebt in Kranichfeld/Thüringen. Autorin von Lyrik, Romanen, Essays, Übersetzerin, arbeitet mit Komponisten und Filmemachern. Vizepräsidentin der Akademie Mainz. Neuer Gedichtband *Portolan* erscheint Herbst 2025 bei Wallstein.

HEINRICH DETERING, geb. 1959 in Neumünster, lebt in Göttingen. Acht Gedichtbände, zuletzt *An der Nachtwand* (2023). Übertragungen von Gedichten u.a. Henrik Wergelands, H.C. Andersens, Bob Dylans, Walt Whitmans. Andersen-Preis 2012, Gleim-Preis 2021, Günter-Kunert-Preis 2025.

RÓŽA DOMAŠCYNA, geb. in Zerna bei Kamenz, lebt in Bautzen. Dichterin, Essayistin, Nachdichterin, Dramatikerin, Herausgeberin. Bis 1989 Veröffentlichung einzelner Texte in sorbischer Sprache in Zeitschriften und Anthologien. Zuletzt: *stimmen aus der unterbühne* (Lyrik, poetenladen Verlag, Leipzig 2020).

ULRIKE DREAESNER, geb. 1962 in München, lebt in Berlin. Sie wurde für ihre Romane, Essays und Gedichte vielfach ausgezeichnet. Zuletzt erhielt sie den Literaturpreis der Konrad-Adenauer-Stiftung und den Großen Preis des Deutschen Literaturfonds für ihr Gesamtwerk, das multimediale Arbeiten und Übersetzungen einschließt. Nach verschiedenen internationalen Gastdozenturen und Poetikvorlesungen ist Draesner seit 2018 Professorin am Deutschen Literaturinstitut Leipzig. Sie ist Mitglied der Berliner Akademie der Künste und der Deutschen Akademie für Sprache und Dichtung. www.draesner.de

KURT DRAWERT, lebt als freier Autor in Darmstadt. Zahlreiche Veröffentlichungen, zuletzt: *Alles neigt sich zum Unverständlichen hin. Gedicht*, Verlag C.H.Beck, 2024. Zahlreiche Preise, zuletzt: Walter-Kempowski-Preis (2021) und Italo-Svevo-Preis (2023).

SIRKA ELSPASS, geb. 1995 in Oberhausen. *ich föhne mir meine wimpern.* Gedichte (2022) und *hungern beten heulen schwimmen.* Gedichte (2025) erschienen im Suhrkamp Verlag. 2024 wurde sie mit dem Orphil-Debütpreis ausgezeichnet. Lebt und arbeitet in Wien.

CARL-CHRISTIAN ELZE, geb. 1974 in Berlin, wuchs in Leipzig auf. Seit 2006 erschienen mehrere, mehrfach ausgezeichnete Gedichtbände, zuletzt *panik/paradies* (Verlagshaus Berlin, 2023). Sein Debütroman *Freudenberg* (Voland & Quist, 2022) stand auf der Longlist des Deutschen Buchpreises. *William und der Fliegenkönig* heißt sein erstes Kinderbuch (Voland & Quist, 2025).

KARIN FELLNER, geb. 1970, arbeitet als Lyrikerin und Schreibcoach in München. Von ihr liegen bislang sechs Gedichtbände vor, zuletzt erschien *Polle und Fu* (parasitenpresse 2024). Ihr Werk wurde mehrfach ausgezeichnet, u. a. mit dem Lyrikpreis der Südpfalz.

CHRISTIAN FILIPS, geb. 1981, Dichter, Regisseur, Übersetzer, lebt in Berlin. Seine literarischen Arbeiten erscheinen in den Engeler Verlagen, die Theaterarbeiten zuletzt an der Volksbühne am Rosa-Luxemburg-Platz. 2023 Erlanger Literaturpreis für Poesie als Übersetzung.

FRANZOBEL, gezeugt in Triest und geboren als Sohn von Rainer und Maria Griebl, während die Hebamme Duineser Elegien vortrug. Aufgewachsen bei einer rilkeverrückten Oma, brachte er sich mit *Wladimir, der Wolkenmaler* das Lesen bei. Seither Buchdeckelexistenz und Venedigpendler. Schreibt im Pyjama und veröffentlicht in finanziellen Zwangslagen, meist Romane. Seine Lyrik bleibt verschlossen.

SYLVIA GEIST, geb. 1963 in Berlin. Zuletzt erschienen u. a. *unbezahlbar wie Atmen ist* (Gedicht. Greifswald 2022), *Kontinentaldrift. Das Arabische Europa* ((Hg.) Heidelberg 2023) und *Weißes Wasser* (Roman. Berlin 2024). Sie lebt in Hannover und Vancouver.

NORA GOMRINGER, geb. 1980, ist Schweizerin und Deutsche, Lyrikerin und Performerin. Ihre lyrische Arbeit ist vielfach ausgezeichnet und in zahlreiche Sprachen übersetzt. Sie ist Kolumnistin und schreibt für Rundfunk und Feuilleton. Seit 2010 leitet sie als Direktorin das Künstlerhaus des Freistaats Bayern. Sie lebt und arbeitet in Bamberg. 2025 erhielt sie den Kasseler Literaturpreis für grotesken Humor.

UTA GOSMANN, geb. 1973 in Bochum, ist Lyrikerin, Übersetzerin und Psychoanalytikerin. Ihr Lyrikband *Reise durchs Nimmerich* erschien 2023 in der Edition Thanhäuser, ihre Übersetzungen von Louise Glück, *Winterrezepte aus dem Kollektiv* (2021) und *Treue und edle Nacht* (2023), bei Luchterhand.

DURS GRÜNBEIN, geb. 1962 in Dresden. Dichter, Essayautor, Librettist, Übersetzer. Lebt in Berlin und Rom. Sein Werk wurde in viele Sprachen übersetzt und mehrfach ausgezeichnet, darunter mit dem Büchner-Preis 1995, dem Pasolini-Preis Rom 2006 und dem Zbigniew-Herbert-Preis für International Poetry 2020. Mitglied des Ordens Pour le mérite. Zuletzt erschienen im Suhrkamp Verlag Berlin: *Jenseits der Literatur* (Oxford Lectures), 2020. *Äquidistanz*. Gedichte, 2022. *Der Komet. (Die Geschichte der Dora W.)*, Prosa, 2023.

DOROTHEA GRÜNZWEIG studierte in Tübingen. Später lehrte sie deutsche Literatur und Sprache in Schottland, Deutschland und in Finnland, wohin sie 1989 zog und wo sie heute noch lebt. Seit 1998 ist sie freie Schriftstellerin. Ihre zuletzt im Wallstein Verlag erschienenen Gedichtbände sind *Kaamos Kosmos* und *Plötzlich alles da*. Zusammenarbeit mit Musikern, Konzertlesungen. Gedichtübersetzungen, Schwerpunkt: Gerard Manley Hopkins' poetisches Werk und finnische Lyrik.

DINÇER GÜÇYETER, geb. 1979 in Nettetal. 2012 gründete er den ELIF Verlag mit dem Programmschwerpunkt Lyrik. 2017 erschien *Aus Glut geschnitzt*, und 2021 *Mein Prinz, ich bin das Ghetto*. Er ist Vater von zwei Kindern und lebt in Nettetal.

JÜRG HALTER, geb. 1980 in Bern, wo er meistens lebt. Schriftsteller, Lyriker, Spoken Word Artist und bildnerischer Künstler. Zahlreiche Buch- und Tonträgerveröffentlichungen, Ausstellungen und Arbeiten fürs Theater. www.juerghalter.com

MARTINA HEFTER lebt in Leipzig. Zuletzt erschien der Gedichtband *In die Wälder gehen, Holz für ein Bett klauen* (kookbooks-Verlag, 2021), sowie der Roman *Hey Guten Morgen, wie geht es dir?* (Klett-Cotta-Verlag, 2024).

KERSTIN HENSEL, geb. 1961 in Karl-Marx-Stadt (Chemnitz), lebt in Berlin. Schriftstellerin, Dozentin für Poetik an der Hochschule für Schauspielkunst Ernst Busch Berlin. www.Kerstin-Hensel.de.

MARIT HEUSS, geb. 1984 in Sachsen, lebt in Leipzig. 2025 erschien der Lyrikband *Verschlissenes Idyll* im poetenladen Verlag.

NANCY HÜNGER, geb. 1981 in Weimar, lebt in Tübingen. Sie ist Autorin und leitet das Studio Literatur und Theater der Universität Tübingen. Zuletzt: *Ein wenig Musik zum Abschied wäre trotzdem nett*, edition AZUR 2017; *4 Uhr kommt der Hund*, edition AZUR 2020.

HENDRIK JACKSON studierte Filmwissenschaft, Slawistik und Philosophie in Berlin, wo er als freier Autor und Übersetzer lebt. Er unterrichtete u. a. an der MGU Moskau, in Stettin, Hildesheim deutsche zeitgenössische Literatur und Übersetzung. Neben seiner Arbeit als Lyriker und Essayist ist er vor allem als Übersetzer aus dem Russischen und Herausgeber von www.lyrikkritik.de bekannt. Er erhielt zahlreiche Preise und ist seit 2025 leitender Redakteur und Gründungsmitglied der Poesiekritikzeitschrift zæsur.

ODILE KENNEL schreibt auf Deutsch und Französisch und lädt gerne weitere Sprachen in ihre Texte ein. Zuletzt veröffentlichte sie beim Verlagshaus Berlin den Essay *Lust* (2021) sowie den Gedichtband *irgendetwas dazwischen* (2023). Ihre Lyrikübersetzungen wurden 2022 mit dem Paul-Scheerbart-Preis ausgezeichnet.

UWE KOLBE, geb. 1957 in Berlin, Schriftsteller, lebt in Dresden; zuletzt erschienen der Gedichtband *Imago* bei S. Fischer Frankfurt a. M. 2020 sowie der Essay *Das Revier des Wolfgang Hilbig* im A. B. Fischer Verlag Berlin 2024.

DAGMARA KRAUS, geb. 1981 in Wrocław, Polen. Autorin, Übersetzerin, Literaturwissenschaftlerin. Ihr letzter Gedichtband, *liedvoll, deutschyzno*, erschien 2021 in Berlin bei kookbooks, gefolgt von dem Buch *Poetiken des Sprungs* (Urs Engeler, 2023).

BIRGIT KREIPE, geb. in Hildesheim, Lyrikerin, lebt in Berlin. Zuletzt erschienen *SOMA*. Gedichte, kookbooks, Berlin 2016, sowie *aire*, kookbooks, Berlin 2021. Ihre Gedichte wurden mehrfach ausgezeichnet, zuletzt mit dem Literaturpreis der A und A Kulturstiftung 2022 und dem Stipendium der Villa Aurora / Los Angeles 2025.

MICHAEL KRÜGER, geb. 1943, war lange Lektor, Verleger, Schriftsteller und Zeitschriftenherausgeber in München. Lebt jetzt in Allmannshausen und Berlin und schreibt weiter. Seine letzten Gedichtbände: *Im Wald, im Holzhaus* (Suhrkamp) und *flussaufwärts* (Kleinheinrich). Im Herbst 2025 erscheint bei Suhrkamp *Unter Dichtern*.

BJÖRN KUHLIGK, geb. 1975 in Berlin. Zuletzt erschienen das Langgedicht *An einem Morgen im März*, Hanser Berlin 2023, die *Berlin-Beschimpfung*, Favoritenpresse 2024 und der Essay *Grenze*, Verlagshaus Berlin 2024.

NORBERT LANGE, geb. 1978 in Gdynia, lebt in Berlin. Schriftsteller und Übersetzer. Zuletzt erschienen: *Unter Orangen* (2021). Als Übersetzer: *Ein Seneca Journal* von Jerome Rothenberg (2022), *Sternzeichen Schütze* von Veronica Forrest-Thomson (2023).

CHRISTIAN LEHNERT, geb. 1969 in Dresden, ist Dichter und Theologe. Acht Gedichtbücher und vier Prosabände erschienen im Suhrkamp Verlag, zuletzt: *Das Haus und das Lamm. Fliegende Blätter zur Apokalypse des Johannes*, 2023.

TITUS MEYER, geb. 1986 in Berlin, ist ein in Berlin lebender Dichter und Musiker. Er ist vor allem für seine Anagramme und Palindrome bekannt. Zuletzt erschien im Jahr 2024 der Band *Ghostland* bei etcetera press berlin.

RAINER RENÉ MUELLER, geb. 1949 in Würzburg, lebt in Heidelberg u. Harbouey / Lothringen (Fr.). Zuletzt erschienen: *Gesammelte Gedichte*. Wallstein 2021, *Gekriebel / Zettel. Ausgewählte Gedichte*. Niederländisch. Mofkont & Machzant, Berlin/Rotterdam 2022. Kataphorisch. Mit Lichton. Ein musik-poetologischer Essay. AKZENTE, München 2022. *Les Très Belles Heures*. 12 Gedichte & 12 Blätter von Matthias Mass, ARTTRD, Heidelberg 2025.

BRIGITTE OLESCHINSKI, geb. 1955 in Köln. Ihre Gedichte wurden u. a. mit dem Peter-Huchel-Preis (1998), dem Ernst-Meister-Preis (2002) und dem Erich-Fried-Preis (2004) ausgezeichnet. Ihre poetische Arbeit umfasst darüber hinaus autofiktionale Prosa und Essays, multimediale Poesie-Performances und Gedichtübersetzungen rund um die Welt.

JOSÉ F. A. OLIVER, Lyriker, Essayist, Übersetzer. Vielfach ausgezeichnet, u. a. Heinrich-Böll-Preis (2021). Jüngste Publikation: *In jeden Fluss mündet ein Meer*, Essays, Matthes & Seitz 2023. Oliver ist Kurator des Literaturfestivals Hausacher LeseLenz. www.oliverjose.com

DIRK VON PETERSDORFF lebt in Jena und lehrt dort deutsche Literatur und kreatives Schreiben. Zuletzt hat er die Gedichtanthologie *Der ewige Brunnen* neu herausgegeben (C.H.Beck 2023). Im Frühjahr 2026 wird bei C.H.Beck ein Essay zur Gegenwart erscheinen.

JENNIFER POEHLER, geb. 1958 in München, lebt in Kalifornien/USA. Sie absolvierte die Schauspielschule Bochum und unterrichtete Englisch als Zweitsprache. Bei Schöffling & Co erschien 1994 ihr Gedichtband *Türkises Alphabet*. Sie übersetzte u. a. Rosemarie Waldrop und Leslie Scalapino aus dem amerikanischen Englisch. Zuletzt erschienen Gedichte von ihr in *Sinn und Form* und *SpritZ*.

MARION POSCHMANN, geb. 1969 in Essen, schreibt Lyrik, Prosa und Essays. 2025 erschien bei Suhrkamp ihr jüngster Gedichtband *Die Winterschwimmerin. Verslegende*.

KERSTIN PREIWUSS, geb. 1980 in Lübz, ist Lyrikerin, Romanautorin und Essayistin. Für ihre Arbeit wurde sie vielfach ausgezeichnet. Seit 2021 hat sie den Lehrstuhl fur Literarische Ästhetik am Deutschen Literaturinstitut Leipzig inne. Sie ist Mitglied der Deutschen Akademie für Sprache und Dichtung. Zuletzt erschienen der Gedichtband *Taupunkt* (2020) und der autobiographische Essay *Heute ist mitten in der Nacht* (2023).

ILMA RAKUSA, geb. 1946, lebt als Schriftstellerin, Übersetzerin und Literaturkritikerin in Zürich. Für ihr umfangreiches Werk, das Gedichte, Erzählungen, Tagebuchprosa, Essays und den Erinnerungsband *Mehr Meer* umfasst, erhielt sie zahlreiche Auszeichnungen, u. a. den Schweizer Buchpreis, den Berliner Literaturpreis und den Kleist-Preis. Sie ist Mitglied der Deutschen Akademie für Sprache und Dichtung. www.ilmarakusa.info

ARNE RAUTENBERG, geb. 1967 in Kiel, lebt dort als Dichter. 2022 war er Rompreisträger der Villa Massimo. Mit seiner Lyrik, mit Gedichten für Kinder und seiner visuellen Poesie ist Arne Rautenberg einer der vielseitigsten Dichter im deutschen Sprachraum.

BERTRAM REINECKE, geb. 1974, studierte Germanistik und Philosophie in Greifswald, lebt in Leipzig, dort 2006 Diplom am Literaturinstitut, wo er später auch lehrte. Zuletzt erschienen: *Geschlossene Vorgänge* Engeler 2022 (Prosa), *Daphne ich bin wütend*, poetenladen 2024 (Lyrik).

LARS REYER, geb. 1977 in Werdau/Sachsen. Autor und Musiker. Philosophie, Anglistik, Ethnologie, DLL. Zuletzt erschienen: *Falsche Kathedralen*, Schöffling Verlag 2023.

CIA RINNE, geb. 1973 in Göteborg. Dichterin und Künstlerin, lebt in Berlin. Sie studierte Philosophie und Sprachen in Frankfurt, Helsinki und Athen und ist Autorin mehrsprachiger konzeptueller Poesie. Ihre Arbeiten wurden international in Galerien und Museen ausgestellt, zuletzt im Rauma Art Museum 2025. Für ihr Werk erhielt sie den Prix littéraire Bernard Heidsieck-Centre Pompidou.

JAN RÖHNERT, geb. 1976 Gera, lebt in Leipzig, unterrichtet in Braunschweig. Neben Lyrik Übersetzungen, Nature Writing, Kritik. Erhielt u. a. Lyrikdebütpreis des LCB, Harald-Gerlach-Stipendium, Wolfgang-Weyrauch-Förderpreis, Lyrikpreis RAI Südtirol.

SLATA ROSCHAL, geb. 1992. Lyrikbände und Romane, Übersetzungen, Poetikvorlesungen und Herausgeberschaften zum Literaturbetrieb. Zuletzt erschien *Ich brauche einen Waffenschein ein neues bitteres Parfüm ein Haus in dem mich keiner kennt* (Wunderhorn).

ULRIKE ALMUT SANDIG lebt als Schriftstellerin und Performancedichterin in Berlin. Rilkes Text *La rose complète* singt sie im queeren Kammerchor Amaryllis in der Vertonung von Morten Lauridsen. Zuletzt erschien ihr Gedichtband *Leuchtende Schafe*.

JOACHIM SARTORIUS wuchs in Tunis auf und lebt heute in Berlin und Syrakus. Er veröffentlichte acht Lyrikbände, zuletzt *Wohin mit den Augen*, und Reiseerzählungen, vor kurzem *Die Versuchung von Syrakus*. Für den Hanser Verlag übersetzte er Wallace Stevens, William Carlos Williams und John Ashbery. Er ist Mitglied der Deutschen Akademie für Sprache und Dichtung.

SABINE SCHIFFNER, geb. in Bremen 1965. Zahlreiche Veröffentlichungen, Stipendien und Preise, u. a. Jürgen-Ponto-Preis der Dresdner Bank (2006) und Ehrengabe der Deutschen Schillerstiftung (2013). Zuletzt erschien *Zeynep Suchen* (Dagyeli Verlag 2024).

ANDRÉ SCHINKEL, geb. 1972 in Eilenburg, lebt als Autor, Lektor, Herausgeber in Halle. Sein umfängliches Werk, zuletzt *Mondlabyrinth* (2024), wurde wiederholt geehrt und in 20 Sprachen übersetzt. Mitglied der Sächsischen Akademie der Künste.

FERDINAND SCHMATZ schreibt Gedichte, Prosa, Essays und Hörspiele, lebt in Wien. Von 2012 bis 2020 Leitung des Instituts für Sprachkunst an der Angewandten in Wien. 2004 Georg-Trakl-Preis. 2006 H. C. Artmann-Preis. 2009 Ernst-Jandl-Preis, u. a. zuletzt: *auf SÄTZE. Essays zur Poetik, Literatur und Kunst* (2016), *das gehörte feuer. orphische skizzen* (prosa gedicht) (2016), *STRAND DER VERSE LAUF. GEDICHT* (2022).

KATHRIN SCHMIDT, geb. 1958 im thüringischen Gotha, arbeitet seit 1994 freiberuflich als Autorin. Hatte sie anfangs lange Zeit ausschließlich Lyrik publiziert, erschienen seit 1998 auch fünf Romane und einige Erzählungsbände. Sie wurde vielfach ausgezeichnet und lebt in Berlin.

STEFAN SCHMITZER, geb. 1979, lebt als Autor in Graz und ist Mitherausgeber und Redakteur von *perspektive – hefte für zeitgenössische literatur …* Zuletzt erschienene Lyrikbände: *liste der künstlichen objekte auf dem mond.* gedicht (Ritter 2021), *loop garou. invokationen* (Ritter 2024).

ALEXANDER SCHNICKMANN, geb. 1994 in Lünen, lebt als Schriftsteller in Berlin. 2023 wurde er mit dem Leonce-und-Lena-Preis ausgezeichnet. Sein Debüt *requiem* erschien 2024 bei Matthes & Seitz Berlin.

TOM SCHULZ, geb. 1970 in der Oberlausitz, aufgewachsen in Ost-Berlin, lebt in Berlin und Italien. Letzte Veröffentlichungen: *Briefe aus der Roten Wüste / Lettere dal deserto rosso.* Gedichte / Poesie. Zusammen mit Maria Borio. Gutleut Verlag, 2024. *Die Erde hebt uns auf.* Gedichte. poetenladen Verlag, 2024. *Reisewarnung für Länder Meere Eisberge.* Gedichte, Hanser Berlin, 2019.

JOHANNA SCHWEDES, geb. 1979 in Frankfurt am Main, studierte literarisches Schreiben am Deutschen Literaturinstitut Leipzig, lebt und arbeitet in Leipzig. Veröffentlichungen: Den *Mond unterm Arm*, erschienen bei Reinecke & Voß, *Der Asphalt klingelt, ich geh ran*, ebenda.

FARHAD SHOWGHI, geb. 1961 in Prag, lebt und arbeitet als Arzt und Autor in Hamburg. Er veröffentlichte zuletzt den Einzelband *Anlegestellen für Helligkeiten* bei kookbooks Berlin und erhielt u. a. den Peter-Huchel-Preis 2018.

VOLKER SIELAFF, geb. 1966 in der Oberlausitz, lebt in Dresden. Prosa, Lyrik, Essay, Literaturkritik, zuletzt: *Barfuß vor Penelope* (2020) und *Ovids Würfelspiel* (2023). London-Stipendium (2023).

ULF STOLTERFOHT, geb. 1963 in Stuttgart, lebt in Berlin. Lyriker und Übersetzer.

YOKO TAWADA, geb. 1960 in Tokio. Seit 1982 lebt sie in Deutschland und schreibt auf Deutsch und auf Japanisch. Akutagawa-Literaturpreis 1993, Kleist-Preis 2016. *Ein Balkonplatz für flüchtige Abende* (2016), *Paul Celan und der chinesische Engel* (2020).

HANS THILL, geb. 1954 in Baden-Baden, lebt in Heidelberg. Lyriker, Anthologist. Leiter der Edenkobener Übersetzerwerkstatt *Poesie der Nachbarn*. Zuletzt erschien Prosa: *Neue Dörfer* (poetenladen 2023); und Lyrik: *Karaoke2* (Urs Engeler 2024).

CHRISTIAN UETZ, geb. 1963 in Egnach in der Schweiz, veröffentlicht seit 1993 Lyrik und Prosa. Zuletzt ist bei Secession der Gedichtband *Engel der Illusion* (2018) und der Roman *Das nackte Wort* (2021) erschienen.

RAPHAEL URWEIDER ist Lyriker, Theaterautor und Übersetzer, der auch als Regisseur und Musiker tätig ist. Er veröffentlichte vier Lyrikbände, *Lichter in Menlo Park*, *Das Gegenteil von Fleisch*, *Alle deine Namen* bei DuMont in Köln und zuletzt *Wildern* bei Hanser, München. Er schrieb zahlreiche Theaterstücke, u. a. für das Maxim Gorki Theater, das Theater Basel, Hamburg und zuletzt für das Theater Luxembourg. Für seine Lyrik gewann er u. a. den Leonce-und Lena-Preis, den 3sat-

Preis beim Ingeborg-Bachmann-Wettbewerb in Klagenfurt und den Clemens-Brentano-Preis.

ERNEST WICHNER, geb. 1952 in Guttenbrunn (Rumänien), lebt in Berlin, dort von 1987 an Mitarbeiter des Literaturhauses Berlin, von 2003 bis 2017 dessen Leiter. Autor von Gedichtbänden, zuletzt *Heute Mai und morgen du* Schoeffling & Co, Frankfurt a. M. 2022, und Übersetzungen, zuletzt: Mircea Cărtărescu: *Theodoros* (Roman), Zsolnay, Wien 2024.

HENNING ZIEBRITZKI, geb. 1961 in Wunstorf, lebt in Tübingen und Berlin. Zu seinen letzten Veröffentlichungen gehören der Gedichtband *Vogelwerk* (2019), die Essaysammlung *Gar nicht viel* (2023) und der Roman *Brand* (2025).

Inhalt